Scrittori italiani e

Luca Bianchini

Il cuore è uno zingaro

ROMANZO

MONDADORI

Dello stesso autore in edizione Mondadori

Le mogli hanno sempre ragione
Baci da Polignano
So che un giorno tornerai
Nessuno come noi
Dimmi che credi al destino
La cena di Natale
Io che amo solo te
Siamo solo amici
Se domani farà bel tempo
Eros – Lo giuro
Ti seguo ogni notte
Instant Love

Facebook: Luca Bianchini
Instagram: lucabianchiniofficial

mondadori.it

Il cuore è uno zingaro
di Luca Bianchini
Collezione Scrittori italiani e stranieri

ISBN 978-88-04-77099-2

Pubblicato in accordo con S&P Literary - Agenzia letteraria Sosia & Pistoia
I edizione marzo 2024

Il cuore è uno zingaro

A chi mi legge dai tempi di Instant Love

Il passato e la memoria, che sono alla base della nostra vita, ci vengono improvvisamente restituiti da un odore, dalla forma di una collina, da una vecchia canzone. Da qualche inezia che, d'un tratto, ci fa dire "mi ricordo..." con uno strano e inspiegabile senso di piacere.

AGATHA CHRISTIE, *La mia vita*

1

La luna era apparsa all'improvviso, tra le montagne e il fiume, come un sopracciglio dipinto da Raffaello. Anche il resto del paesaggio sembrava uscito da uno dei suoi affreschi: gli alberi, le nuvole, le stradine, i tetti delle case. Solo le persone che si muovevano dietro le finestre rendevano reale la scena.

In quella sera di fine settembre ogni elemento era in armonia con il resto, ma il maresciallo Clemente era rapito dal piccolo spicchio di luce. Lo scrutava con gli occhi romantici che tirava fuori per le grandi occasioni, perché non amava mostrare i sentimenti, a meno che non fosse veramente arrabbiato: allora gli venivano le gote rosse come Heidi, che a sua moglie Felicetta facevano ridere.

Lei sapeva cosa gli passava per la testa soltanto guardando come indossava la canottiera: non avendo figli, lui era un po' anche il suo bambino. Non volle mettergli fretta per uscire perché sapeva che avrebbe finito di prepararsi prima di lei, indecisa anche sul profumo: un appuntamento così particolare meritava una fragranza speciale, ma quello che aveva amato per anni – Anaïs Anaïs – da quando si era trasferita in Alto Adige non riusciva a trovarlo facilmente, quindi lo usava con una certa parsimonia. In realtà, viveva gli odori come un'estensione dei ricordi: i suoi preferiti erano quello del tiglio, perché le annunciava l'arrivo dell'estate, e del forno della cucina di sua madre quando bruciava il ciambellone. Desiderava che quella sera fosse avvolta dalle "note di rosa e giacinto", così diceva l'etichetta, che poi lei pensava fossero parole inventate dai pubblicitari. Chissà se era stato per quella ragione che Clemente – all'epoca un semplice carabiniere – si era avvicinato a lei durante un Ferragosto a Polignano. Non ne avevano mai parlato, e ora, tirare fuori un discorso del genere a sessant'anni la faceva sentire ridicola. Lui, nel frattempo, era tutto preso a farsi bello.

«Hai visto come mi sta la canotta?»

«Sembri Richard Gere. Adesso, però.»

«Ma ha più di settant'anni! Comunque un po' sono dimagrito, dai.»

«Quello lo capisci solo da come ti sta la camicia.»

«Sempre ottimista, mi raccomando.»

«Lo faccio per il tuo bene.»

«Lo fai perché tu sei così. A che ora pensi che dovremmo uscire, Felicè?»

Per ribadire a tutti le sue origini, da quando si erano trasferiti il maresciallo la chiamava Felicè.

«Veramente sarebbe stato meglio essere già fuori. L'invito è alle 21.30, non siamo più in Puglia da un pezzo, forse te lo sei scordato.»

Le sue gote iniziarono a prendere colore. Come poteva dimenticare? Era stato allontanato da Polignano per una storia al limite dell'incredibile: la moglie del sindaco si era invaghita di lui e aveva iniziato a mandargli messaggi equivoci, a cui Clemente rispondeva solo per educazione. E quando il marito ne era venuto a conoscenza gli aveva dato la colpa. Poi aveva allertato il generale comandante della Regione che, per evitare problemi, aveva deciso di placare le acque trasferendolo temporaneamente a più di mille chilometri di distanza e a meno di cinquanta dall'Austria: a Bressanone. Non c'è niente di peggio che essere in un angolo di paradiso e sentirsi a un passo dall'inferno.

«Quindi sei sicuro che ci tengano un tavolo?»

«Sono andato a chiederlo personalmente e qui sulla parola data non si sgarra.»

«Io mi fido più dei baresi, comunque se lo dici tu che sei così inserito, ti credo.»

Anziché cadere nella provocazione, Clemente si mise a cercare una cravatta. La camicia per fortuna si abbottonava perfettamente. Stavano per assistere al grande ritorno a Bressanone di Gabriel Manero, il cantante che da quella cittadina dell'Alto Adige nel 1983 aveva fatto ballare tutti con *Todo corazón*, la sua super hit, seconda solo a *Vamos a la playa* dei Righeira.

Subito dopo Gabriel aveva infilato un altro paio di successi per poi finire nel dimenticatoio. Ma in un mondo che ha il terrore di invecchiare, la nostalgia è sempre un porto sicuro e le belle canzoni hanno il potere di fermare il tempo, anche solo per tre minuti. E così l'intraprendente Barbara Kessler aveva deciso di invitare quella star un po' impolverata per l'apertura del suo nuovo locale, La Casa del luppolo, che sarebbe stato inaugurato in serata.

Barbara era la classica quarantenne bionda Versace tutta boccoli e nastrini. Indossava con orgoglio il vestito tipico altoatesino – il dirndl! – che la faceva sembrare, agli occhi dei bambini, una principessa Disney. Era fidanzata con un chirurgo estetico ed era convinta di essere sexy, perciò oltre al gonnellone portava un corpetto che le strizzava le tette come una ragazza calendario un po' démodé. Forse anche per questo le piacevano gli anni Ottanta, custodiva gelosamente un juke-box in casa e non si perdeva un "Techetechetè" dedicato ai mattatori dell'epoca. Una volta a carnevale si era vestita da cameriera del "Drive In" con tanto di pattini a rotelle, peccato che fosse caduta rovinosamente in mezzo alla pista da ballo. Da allora aveva smesso di festeggiare il carnevale. Gestire i suoi locali le dava potere e la possibilità di essere al centro dell'attenzione, senza però mai perdere di vista il business. Per questo aveva scelto di inaugurare la sua birreria durante la famosa Festa del pane, un vero e proprio inno ai carboidrati.

La piazza del Duomo era inondata di pagnotte di ogni tipo: pane alle noci, con i semi di sesamo, di girasole, di finocchio, pane di segale con le mele, con le pere o con le prugne, filoni, grissini, pretzel e ovviamente strudel, che la gente era disposta a pagare prezzi folli.

Barbara aveva la convinzione che riportare Gabriel Manero in città sarebbe stato un gran colpo, perché negli ultimi mesi un TikToker aveva usato *Todo corazón* in un video sotto la doccia, e il tam-tam con tanto di parodie l'aveva fatto schizzare di nuovo in classifica. La Kessler – che in paese tutti chiamavano così, come una prof – era riuscita a convincerlo ad accettare la sua proposta ancora prima del successo sul web, e questo la faceva sentire un po' talent scout. Aveva faticosamente chiuso la trattativa sul cachet con il suo impresario ottenendo che Gabriel si esibisse anche la sera successiva nel suo storico locale di Bolzano.

Oltre alla Kessler, anche il maresciallo Clemente si era sentito fortunato, ed era la prima volta che provava quella sensazione da quando era stato trasferito.

Ma la vera fan in casa era Felicetta: «Oddio, ma Bressanone è il paese d'origine di Gabriel Manero!» gli aveva detto tempo prima, appena saputo del trasferimento, e questa notizia era sembrata di buon auspicio.

Entrambi avevano vissuto l'attesa per la serata riassaporando le melodie di quell'estate lontana, tra il *Paris Latino* dei Bandolero e *I Like Chopin* di Gazebo.

In città, dopo tutto quel tempo, Gabriel faceva ancora discutere. A quarant'anni di distanza, era salita di nuovo la febbre per quel cantante durato un'unica estate che aveva lottato per restare a galla, riuscendoci solo in Colombia, dove era appena stato in tour ed era considerato un semidio secondo solo a Maluma.

Molti non gli perdonavano di aver lasciato il paese e di non esserci quasi più tornato, anche se continuava a essere il proprietario della "Villa delle ombre", come la chiamavano tutti: una residenza tardo romantica di fronte al ponte Widmann, di cui da anni si prendeva cura Bruno, il fidato custode. Proprio lì un autista sarebbe andato a prelevare il cantante per accompagnarlo in birreria, dove sarebbe arrivato più velocemente a piedi.

Clemente e Felicetta sembravano due adolescenti al loro primo concerto. Avevano deciso di lasciare a casa Brinkley, il loro labrador, perché non amava troppo la confusione e soprattutto, essendo in ritardo, avevano il terrore di incontrare la vicina, Magda, che parlava solo del suo pastore maremmano. A loro sembrava perennemente incazzato, ma lei lo considerava il cane più buono del mondo: «è bravo, non fa niente», diceva ogni volta. Aveva già chiesto al maresciallo due inviti per lei e suo marito Markus, ma lui aveva ancora poca confidenza con la realtà brissinese, per cui aveva deciso di non esagerare: «Siamo ospiti, non possiamo fare niente».

Se la vicina si metteva in testa una cosa, però, non la fermava nessuno, così anche Markus aveva ottenuto un tavolo, poiché la Kessler era una cliente del suo negozio di antiquariato. Lo aveva acquistato la moglie dopo aver ricevuto un'eredità, anche per tenerlo occupato, dato che era molto più giovane di lei e a detta di tutti puntava a fare il mantenuto. Intanto, nelle orecchie di Gino e Felicetta risuonava già il ritmo latino di *Todo corazón*.

«Ti sei messa due gocce del tuo profumo?»

Il tono del maresciallo rivelava un pizzico di sfottimento, e lei un po' si risentì.

«Certo, voglio che lo senta anche Gabriel dal palco.»

«Da quello che ho capito ci sarà una pedana.»

«Una pedana è già un palco.»

«Madò, Felicè, sei proprio una fan.»

«Da sempre. Era anche così bello, Gabriel...»

«Comunque il mio collega mi ha detto che non è un granché.»

«Ma l'ha già incontrato?»

«Sì, dice che è andato a vederlo fare le prove a porte chiuse.»

«Come le star. Chissà quanti curiosi fuori...»

«In realtà non c'era nessuno. Poi è arrivato questo Baby Rock, il TikToker che doveva fare un video con lui, e in dieci minuti stava il macello. Anche se l'impresario continuava a ripetere: "Mi raccomando, le porte ben chiuse!".»

«Eh, certo. Gabriel Manero è sempre Gabriel Manero.»

«Un tempo, forse. Ora tiene la faccia gonfia.»

«Dai, non essere geloso... magari beve. Quelli famosi bevono tutti.»

«Mamma mè, come sei diventata pettegola.»

«Ah, io sarei pettegola? E allora tu che dici che non è un granché? Povero Gabriel. A questo punto speriamo di non essere troppo vicini, così non ci resto male come alle cene con i vecchi compagni di scuola.»

«Prima abbiamo chiesto il tavolo davanti, mo vuoi stare lontano, deciditi.»

«No no, va bene la prima fila. Ma ci sarà da bere?»

«Certo, è un'inaugurazione, tutto offerto. Almeno credo, che qua mica stiamo a Polignano.»

«E basta con questa Polignano!!! Ti hanno trasferito qui, dobbiamo accettarlo. Me lo prometti?»

Felicetta allungò la mano a cercare quella dell'eroe della sua vita, si era già pentita di aver usato un tono un po' duro. Uscirono dalla loro casa azzurra in via della Frana, nel quartiere di Stufles – «si pronuncia come è scritto!» ripeteva il maresciallo – che sembrava "un paese nel paese". Lei lo prese sottobraccio perché quando si metteva i tacchi camminava come se fosse ubriaca.

Avevano appena messo fuori il naso, che Magda apparve alla finestra.

«Buonasera maresciallo, complimenti per la cravatta. Ma Brinkley dov'è?»

«Sta a casa che andiamo al concerto.»

«Alla fine ci siamo anche noi, ma il cane lo lasciate solo? Io aspetto la dog sitter per Donald.»

«Donald... come Trump?»

«Esattamente, volevo un nome presidenziale. Ero indecisa tra Barack, Donald e Ronald e alla fine ho scelto Donald perché ha una personalità forte. Comunque lui è buono come il pane... pensi che mi ha aggredito solo due volte! In ogni caso sono più tranquilla a lasciarlo a una dog sitter.»

Clemente era basito.

«Il nostro non ne ha bisogno.»

«Almeno gli avete acceso la televisione?»

«Signora Magda, per favore. È un cane.»

«Ah certo, se lo considerate una bestia capisco tante cose.»

Felicetta stritolò la mano di suo marito perché sapeva che avrebbe dato in escandescenze.

«Noi abbiamo detto "cane", non "bestia", ma ora dobbiamo andare.»

«Vuole lasciarlo da me? Guardi che a me fa piacere e anche a Markus e a tutta la family.»

«Ah, ci sono i suoi parenti?»

«Ma no, solo i miei due gatti, il cane e Nuvola...»

«E Nuvola chi sarebbe?»

«È il nostro coniglietto bianco. È bravissimo, anche se ci rosicchia tutti i tappeti.»

Gino e Felicetta rimasero talmente senza parole da riprendere il cammino a passo veloce, più perché gli veniva da ridere che per il ritardo. Attraversarono il ponte Aquila, che li fece un po' rallentare: da un lato l'hotel Adler con le sue luci accese, dall'altro la torre bianca avvolta nel mistero, in mezzo il cielo stellato che preannunciava l'autunno, come nel *Café la Nuit* di Van Gogh. Ogni volta, tutti e due rimanevano imbambolati di fronte a quella visione distante dal mondo, e forse era proprio questo che li emozionava. Vivere lontani da Polignano li aveva resi più sensibili, anche se avevano capito che nelle città di confine sono tutti un po' esuli. Il profumo di pane fresco e di focacce, però, li faceva sentire di nuovo in Puglia.

Davanti al locale, in coda, c'era un sacco di gente, ma chi faceva davvero chiasso erano i ragazzini che sognavano di vedere il TikToker. Il giornale "Isarco News" aveva messo la notizia in prima pagina, attirando gente da Merano, Brunico, Chiusa e Fortezza. Oltre, naturalmente, a tutta Bressanone.

La Kessler, capito l'andazzo, tra un colpo di lacca e l'altro aveva fatto allestire un maxischermo davanti alla birreria. All'interno sembrava di essere a una rimpatriata di persone di mezza età, che lei prendeva sul serio al pari di boccoli e boccali perché dalle sue ricerche di marketing era emerso che gli over cinquanta avevano più soldi da spendere e più voglia di divertirsi.

Gino e Felicetta arrivarono attirando l'attenzione generale perché risultavano un po' troppo eleganti, ma ci pensò il brigadiere Guglielmotto a legittimare la loro presenza all'ingresso – «Fate passare il maresciallo, per favore... lui e la sua signora...» – e loro si sentirono un po' David e Victoria Beckham quando sono di buonumore.

Giuseppe Guglielmotto era già un piccolo mito della caserma di Bressanone. Splendido trentenne, sempre disponibile, spesso adrenalinico, non perdeva mai la pazienza né il suo lieve accento piemontese e aveva un'arma di seduzione invidiabile: i denti "Dash" – come li definiva il maresciallo ricordando la pubblicità di un detersivo – che più bianchi non si può.

Giuseppe aveva già imparato a conoscere Clemente e le sue debolezze mentre non era riuscito a contenere le proprie, e aveva avviato una relazione clandestina con la giovane comandante della Compagnia, Tiziana Calabrese, calabrese di cognome e di fatto. Di Tropea, per la precisione, come le cipolle. Aveva provato a resistere, ma alla fine aveva ceduto, consapevole di tutti i rischi che questa scelta comportava, perché in caserma le relazioni tra colleghi non sono consentite. Forse anche per questo la Calabrese era particolarmente accomodante con il maresciallo: sapeva che se fosse saltato fuori lo scandalo l'avrebbero allontanata dal suo "amato" brigadiere, a cui l'Alto Adige non dispiaceva affatto, così come al maresciallo Clemente non dispiacevano i complimenti. Doveva trovarsi a cinquanta chilometri dall'Austria per ricevere questi onori, pensò amaramente, mentre Felicetta lo fissava e le sembrava lo stesso ragazzo che tanti anni prima l'aveva invitata a ballare *Todo corazón*. Lui mise da parte la tristezza, socchiuse gli occhi e sognò di essere sul palco al posto di Gabriel.

2

Erano mesi che la Kessler preparava l'inaugurazione del suo locale, e sapeva quanto fosse importante avere un nutrito elenco di ospiti ma anche delle hostess implacabili – sorriso italico e rigidità austriaca – che fermavano chiunque non fosse sulla lista degli invitati.

Aveva visto il maresciallo e Felicetta entrare con un pizzico di supponenza che li rendeva più infantili che antipatici, per poi accomodarsi a un passo da quella che per Clemente era una pedana e per Felicetta un palcoscenico, accanto al notaio, al decano della cattedrale, al decano della chiesa di San Michele, al libraio della Weger, all'immobiliarista Friedrich e a due farmacisti, ognuno pronto a guardarsi intorno per osservare chi c'era e per farsi vedere.

Barbara Kessler si aggirava tra i presenti con una certa apprensione, perché era un po' scaramantica e molto vanitosa e temeva di aver esagerato con il corpetto che le metteva in evidenza il décolleté, di colpo più appariscente dei suoi boccoli alla Nellie Oleson della "Casa nella prateria". Si era emozionata nel vedere Gabriel alle prove: aveva cantato *Todo corazón* e altri due brani che lei conosceva meno, che di fatto erano tutto il suo repertorio. D'altronde, diceva lui, anche Alan Sorrenti veniva ricordato per tre canzoni: *Tu sei l'unica donna per me*, *Non so che darei* e *Figli delle stelle*.

Gabriel era arrivato direttamente dalla Colombia a Bolzano il giorno prima e aveva pernottato all'hotel Laurin, che era rimasto come lo ricordava: elegante e un po' malinconico. Forse anche per questo aveva deciso di non fermarsi lì la notte successiva e di riaprire finalmente la sua storica villa per ricevere dopo il concerto qualche amico che si era rifatto vivo di recente. Così aveva convocato il custode che, colto un po' di sorpresa, aveva posato la sua inseparabile pipa e si era precipitato a riaprire quella grande casa cristallizzata nel tempo. Gabriel ci era tornato ogni tanto, ma sempre per poco e fuori stagione, avvisando il custode con largo anticipo. L'ultima sua apparizione risaliva a molti anni prima, per il funerale del padre.

Dei due, solo per Bruno sembrava che gli anni non fossero passati. Gabriel appariva un po' appesantito, ma non aveva perso il sorriso e la sicurezza di sé che manifestava con un pizzico di sbruffoneria. Il custode lo lasciava parlare e annuiva più di quanto fosse solito fare, mentre gli apriva le porte della villa come un agente immobiliare.

Gabriel non aveva ricordi precisi dell'ultima volta che ci aveva messo piede, ma non era importante. I suoi passi erano più lenti di quelli di Bruno perché osservava tutto come se lo vedesse per la prima volta: si rivide all'ingresso, dentro un enorme manifesto incorniciato del "Corazón Tour 1983", con la chitarra al collo come se fosse Bruce Springsteen. "In fondo non sono cambiato molto" pensò. Dopo quel tocco di megalomania entrò nel triplo salone i cui elementi dominanti erano la pelle nera, le finiture in acciaio – quanto le aveva desiderate! – e un tavolo di cristallo appoggiato su capitelli corinzi. La cucina, arrivata da Innsbruck, gli pareva ora un po' troppo "rustica" per i suoi gusti. Ma quella in cui fece fatica a riconoscersi, al piano di sopra, era la sua camera matrimoniale: rivedendola, si chiese come gli fosse venuto in mente di ispirarsi ai Faraoni, con un arredo strabordante di ori e riproduzioni egizie, mancava solo il sarcofago di Tutankhamon.

«A te piace questa stanza, Bruno?»
«Be', è molto... come dire... particolare.»
«Sei gentile. La verità è che ero proprio un tamarro.»
«Ma lei è un artista e se lo può permettere. Sono belle anche le camere degli ospiti.»

Entrando nella prima, Gabriel ebbe la sensazione che ci fosse stato qualcuno di recente. La tappezzeria era rimasta la stessa, un po' fané, ma il letto sembrava fatto da poco, con lenzuola pulite e stirate.

«Ci hai pensato tu a sistemarla così?»
«Sì, signore. Ho pensato che forse avrebbe avuto ospiti.»
«Vedo che il senso pratico non ti manca. E la stube è a posto?»
«Certo. Per me è la parte più bella della casa. L'accompagno subito.»

In effetti, quello era il pezzo forte della villa: la classica stube altoatesina – la stanza con la stufa – che Gabriel aveva fatto fare al posto della tavernetta. Vi si accedeva da una rampa di scale e custodiva i suoi trofei: sulle pareti spiccavano premi, dischi d'oro e foto incorniciate.

Appena entrò, Gabriel capì la ragione per cui non era più voluto tornare: quel mausoleo gli ricordava la sua esile carriera, partita con il botto e finita mestamente alla periferia del mondo. Osservò velocemente l'arredo: le tipiche sedie di legno con il cuore inciso a metà schienale, un lungo tavolone massiccio, la grande stufa in ceramica e un ingombrante divano dai grandi cuscini per serate di festa che non sarebbero mai state celebrate. Quel luogo gli procurò un turbinio di emozioni che gli fecero riaffiorare molti ricordi. Tornò al piano di sopra cercando di tenere il passo di Bruno, che da bravo uomo di montagna aveva gambe e fiato e un unico vizio, la pipa appunto, che non mollava mai.

«Allora, come si sente a rivedere la sua villa?»

Gabriel fu tentato di dire che era dispiaciuto di averla abbandonata, ma preferì non mostrare troppo i suoi sentimenti.

«Be', pacchiana era e pacchiana è rimasta, ma in fondo io sono sempre stato così, e stasera magari l'animiamo facendo un po' di festa dopo lo show. Che ne dici?»

«Io posso solo dirle che va bene.»

«Un po' di entusiasmo, su, non fare il tirolese.»

Il custode si risentì.

«Io sono sudtirolese. E comunque noi l'entusiasmo lo manifestiamo con i fatti... non siamo bravi con le parole.»

«Come me con la mia musica.»

«Esattamente.»

Mentre Bruno cercava di assecondarlo, fece il suo ingresso l'impresario di Gabriel che li aveva raggiunti per controllare che fosse tutto a posto.

L'impresario aveva un nome e un cognome – Ciro Esposito, anche se al telefono si presentava con "Esposito Ciro", come a scuola – ed era un uomo che, già a vederlo, trasmetteva apprensione: lievemente sudato, un leggero riporto, la camicia sbottonata da cui spuntava una catena, sembrava sempre alla fine di una giornata di duro lavoro. Aveva vissuto giorni di nervosismo perché temeva che il suo assistito non tornasse più dalla Colombia, dove si era trattenuto più del solito senza dare spiegazioni.

Appena entrò, rimase senza parole di fronte all'aria decadente di quella casa, e non riusciva a spiegarsi come mai Gabriel non l'avesse ancora venduta, visti i prezzi esorbitanti in quella zona e le molte richieste in arrivo. Ma tenne quei pensieri per sé per evitare che lui si urtasse e si limitò a raccomandarsi con il custode che la villa fosse arieggiata e riscaldata e il frigo ben fornito.

Aveva anche richiesto alla Kessler di trovare un make-up artist a domicilio per ridare al suo artista un po' di "carattere", aveva detto proprio così.

Gabriel era contento che la sua casa riprendesse vita e sembrava un po' dispiaciuto di non aver pensato a organizzare meglio quel suo ritorno, ma forse era giusto così: la sua prima dote era l'umiltà, come ripeteva a ogni intervista, e non poteva comportarsi in modo diverso. Preferì riposare un attimo nella sua camera "per rispetto verso il pubblico" – lo disse testualmente – e poter offrire a tutti una performance all'altezza delle aspettative. Si addormentò all'istante con le scarpe ai piedi in mezzo alle statuette di Nefertiti e alle riproduzioni di geroglifici.

Fu il suo impresario a bussare alla porta e a svegliarlo perché era arrivato il make-up artist.

Gabriel balzò giù dal letto pronto per quella che per lui era una missione e scese nel triplo salone dove un ragazzo molto alto e molto efebico esordì con poche ma convincenti parole: «il suo incarnato è perfetto».

Mister Manero si sciolse in un brodo di giuggiole e si consegnò nelle mani del giovane truccatore, che ogni tanto socchiudeva gli occhi per concentrarsi meglio mentre lui pensava fosse miope. Provò una sottile emozione nel vedere la sua faccia incipriata come nei gloriosi anni Ottanta, ma gli chiese di non farlo assomigliare troppo a Bobby Solo, perché in Sudamerica una volta lo avevano scambiato per lui.

Il ragazzo posò pennelli, ombretti e fondotinta e si mise a cercare Bobby Solo sul telefonino perché non aveva la più pallida idea di chi fosse: osservò qualche foto e, in effetti, qualcosa in comune tra i due c'era, anche se dichiarò di non trovare alcuna somiglianza. Aveva già imparato le doti fondamentali di un bravo truccatore: rassicurare e mentire.

Gabriel diede totale fiducia a quello che già aveva riconosciuto come un talento, quando Ciro fece capolino nella stanza e quasi sobbalzò di fronte a quel viso così trasformato dal trucco – sembrava un concorrente di "Tale e Quale Show" –, cercando di dissimulare lo stupore.

«Gabriel, il custode ha preso tutto quello che hai ordinato... lo champagne, il gin, l'acqua tonica, un po' di salatini, speck a listarelle naturalmente, e gli ho chiesto di sistemare meglio anche la stube, che magari è più adatta per il dopo concerto. Tu non hai idea di cosa sta succedendo fuori dal locale, il pubblico è in fibrillazione.»

«Non canto qui da quarant'anni, è normale che ci sia attesa.»

Decenni di tiepidi successi non avevano scalfito l'ego dell'artista.

«L'autista è qui fuori, anche se ha detto che per arrivare dobbiamo fare un giro un po' contorto.»

«Per me, se volete, possiamo andare al club anche a piedi.»

La birreria era già diventata club.

Di colpo Gabriel divenne il Verbo e tutti gli andarono dietro: il custode, l'impresario, il make-up artist e l'autista si misero sull'attenti pronti a scortarlo per le vie di Bressanone come il santo patrono. Gabriel chiese di allungare il percorso fino ai Portici Maggiori perché voleva passare davanti al Dom Café, dove andava da ragazzo a prendere il "macchiatone". Peccato che il corteo si limitasse a quattro persone dando l'idea di una processione piuttosto poverella, ma per fortuna per strada c'erano molti curiosi che, in realtà, cercavano soprattutto Baby Rock.

Dopo un mezzo giro dell'oca, lo strano gruppetto tornò nei pressi del ponte Widmann sotto gli occhi di molti compaesani e si infilò in una porticina segreta sul retro della birreria, cui la Kessler aveva voluto dare un nome italiano per abbattere quel "muro di cristallo" che separava gli altoatesini di lingua italiana dai sudtirolesi di lingua tedesca. Due comunità distinte, anni luce l'una dall'altra, che convivevano da decenni sotto il cielo di Bressanone – o di Brixen, a seconda della madrelingua – senza mai comprendersi del tutto. E Barbara Kessler, in fondo, era e restava una sognatrice.

Nella sua birreria tutto era pronto, tranne l'artista, che dopo averla salutata e aver sgranato gli occhi davanti al suo corpetto decisamente audace, le chiese subito un gin tonic e la invitò a casa sua per l'after show.

«Guardi che qui siamo alla Casa del luppolo: non le va di bere una birra?»

«Dammi del tu, dai. La birra gonfia e Mister Manero vorrebbe un gin tonic.»

A volte Gabriel parlava di sé in terza persona come Maradona.

«Certo, ci mancherebbe, Mister Manero!»

Barbara Kessler, che era una donna più pratica che bionda, fece cenno a uno dei camerieri e ordinò di andare a prendere immediatamente «sto cazzo di gin tonic», bisbigliò proprio così. Subito dopo pensò: "I soliti italiani", ma non ebbe il coraggio di ammetterlo nemmeno a se stessa.

3

L'attesa nella Casa del luppolo, gremita all'inverosimile, aveva reso tutti meno timidi nell'assaggiare la birra artigianale che camerieri bellocci servivano indossando i tradizionali *lederhosen*, i pantaloncini corti in pelle con bretelle che avevano catturato l'attenzione di Felicetta: «Ah, però» aveva detto ammirata, e le sembrò di essere all'Oktoberfest. Fuori dal locale stava iniziando a salire un po' di malcontento perché c'erano più prenotazioni rispetto ai tavoli disponibili, e vedere il concerto dal maxischermo in mezzo a ragazzini armati di cellulari non era proprio il massimo.

Per fortuna il gin tonic arrivò in fretta, e Gabriel si sentì di colpo catapultato nell'estate in cui le ragazze si strappavano i capelli per lui, mentre i ragazzi cercavano di averli come i suoi.

Per compiacerlo, la Kessler accennò alla notizia che aveva fatto riemergere il suo nome su alcuni giornali, addirittura con una pagina su "Dolomiten" e un trafiletto sul "Corriere della Sera".

«Ma è vero che andrai all'"Isola dei Famosi"?»

«Sì, anche se non è ancora ufficiale, deve arrivare a momenti il contratto, quindi credo che quella di stasera sarà la mia unica esibizione... non posso inflazionare la mia immagine.»

La Kessler era già sull'orlo di una crisi di nervi.

«Veramente avevamo pattuito anche una performance nel mio locale di Bolzano domani sera.»

Gabriel non riusciva a smettere di guardare quella donna così provocante.

«Va bene, poi vediamo. Intanto dimmi con quante persone vuoi venire da me per l'after show.»

Quella frase la tranquillizzò un po', mentre l'impresario era sempre più preoccupato: poche ore prima aveva sentito Gabriel dire a un barista che ora aveva bisogno di un agente moderno, "più social", e così, per mostrare a tutti che il suo mestiere lo sapeva fare, aveva preso da parte la Kessler chiedendole il pagamento anticipato in contanti.

«Per me i contanti non sono un problema, ma vorrei essere tranquilla per l'esibizione di domani.»

La parola "esibizione" suonò nelle orecchie di Gabriel come una sorta di conferma, perciò fece un cenno a Ciro Esposito che andava bene anche un pagamento posticipato.

Dalla sala intanto arrivava l'eco del battimano, che gli provocò un'ondata di emozione: il pubblico lo amava ancora, lo aspettava e lo applaudiva e pazienza se lo ricordava solo per quella hit estiva. Gabriel tolse la maschera che indossava e si abbandonò alla vita.

Le recenti punturine di botox lo facevano assomigliare più a un cerbiatto che a Bobby Solo, ma il trucco aveva attenuato l'effetto lucido. La sua apparizione mandò il pubblico in visibilio, tranne la Kessler, che restò a bocca aperta: quell'uomo si era presentato all'inaugurazione della sua birreria tenendo in mano un gin tonic! Il primo a notarlo fu il maresciallo Clemente, che aggiustandosi la cravatta chiese subito a uno dei camerieri: «Ma stanno anche i cocktail?».

La maggior parte degli spettatori trovò l'artista un po' invecchiato ma più magro che in televisione. L'emozione prese presto il sopravvento e tutti iniziarono a scandire: «Ga-briel Ga-briel» e lui per un attimo si sentì George Michael. Poi la base partì e dalla prima nota ognuno riconobbe quell'attacco indimenticabile: «*Dónde está mi muchacha, dónde está?*».

Gino e Felicetta non riuscirono a resistere e balzarono in piedi, costringendo tutto il locale a imitarli con un travolgente effetto domino. Gabriel scavalcò il cordoncino che aveva imposto per separare la pedana dai tavoli e scese in mezzo alla sua gente. Cantava e stringeva mani, quasi incredulo nel vedere che aveva ancora un pubblico e un paese che lo amava e che cercava di toccarlo. Gabriel Manero era riuscito nell'impresa di riunire, sotto il segno della musica, tutte le comunità che convivevano nella piccola Bressanone: altoatesini, sudtirolesi, ladini e – a sentire il maresciallo – napoletani e pugliesi. «Napoletani e pugliesi ci devono sempre stare. Se in un luogo mancano, preoccupati!» ripeteva.

Pur nella concitazione, Gabriel riuscì a guardare in faccia tutti i presenti cercando di capire se riconosceva qualcuno oltre al decano di San Michele e all'immobiliarista Friedrich, che riusciva sempre a farsi notare con il suo abbigliamento sgargiante. Tutti erano tornati ai vent'anni, cantavano ed erano felici.

Gabriel si soffermò per un attimo anche su Felicetta sempre più invasata, posseduta dal ritmo latino sotto gli occhi perplessi di suo marito, che aveva allentato la cravatta ma cercava comunque di controllarsi: era pur sempre un uomo delle istituzioni. Lei se ne fregava beatamente, muoveva le braccia a ritmo e cantava il ritornello a squarciagola: «*Todo para mi, todo para ti, porque todo corazón*».

Il maresciallo ne approfittò per osservare da vicino l'artista. A un certo punto colse una sua occhiata in direzione dell'ingresso e si girò per capire a chi fosse rivolta: vide una donna con lunghe treccine grigie, legate da piccoli nastri che la facevano sembrare una hippy un po' datata. Poco distante da lei un uomo con i capelli sciolti, giubbotto di pelle e una faccia serissima. I due volti sembravano quasi stonare in quel contesto festoso. Intanto Gabriel aveva prontamente spostato l'attenzione da un'altra parte avvicinandosi a una donna il cui viso raccontava un'antica bellezza. Sembrava un po' intimidita, lui le lanciò un bacio con la mano e lei accennò un sorriso. Le era seduta accanto una signora molto magra e Gabriel impiegò un attimo a metterla a fuoco: era sua sorella, con cui non si parlava da anni. L'abbracciò mentre ancora cantava e tutto il pubblico si sciolse in un applauso.

Clemente si voltò per cercare di nuovo la donna con le treccine, ma non c'era più. Era svanita nel nulla, così come l'uomo con il giubbotto di pelle, proprio mentre tutti cantavano *Todo corazón* e Gabriel aveva gli occhi lucidi come Marco Mengoni in concerto.

Nella birreria che si era trasformata rapidamente in una pista da ballo, il maresciallo aveva assistito a una scena quasi epica per Bressanone: l'abbraccio tra Gabriel e sua sorella Paula, come gli confermò sussurrandogli nell'orecchio Felicetta, che sapeva già tutto dalla vicina.

Molti si erano domandati se sarebbe andata alla serata, perché dopo la morte del padre i due fratelli non si erano più parlati: Paula accusava Gabriel di non essersi mai occupato della famiglia e di aver fatto la sua comparsa solo per riscuotere la magra eredità dei genitori. Lei aveva scelto una vita più defilata – era stufa di essere "la sorella di" – e aveva acquistato un maso con un vigneto a Novacella da cui ricavava un ottimo Kerner. Era una donna che faceva fatica a sorridere, un po' come la loro madre, ma che era meno triste di quanto apparisse.

Anche se tra i due non correva buon sangue, le tensioni iniziali avevano lasciato posto, se non al perdono, all'indifferenza. Ma una settimana prima dell'evento Paula aveva scritto a Gabriel che le sarebbe piaciuto rivederlo, e lui l'aveva invitata mettendo da parte la vecchia ruggine. E ora era lì, ad applaudire il fratello che faceva fatica a riconoscerla, perché l'emozione gli aveva fatto sciogliere il mascara offuscandogli la vista.

Clemente, intanto, pur sognando di togliersi la cravatta e di stare anche lui su quella pedana a cantare al karaoke, si era messo a osservare i suoi vicini di casa: Markus "il mantenuto" cantava sguaiatamente agitando il suo ciuffone neanche fosse la Carrà, mentre Magda con un occhio guardava il concerto e con l'altro chattava su WhatsApp.

Alla fine della terza canzone, la Kessler ebbe la conferma che lo show di Gabriel si era rivelata un'idea vincente. Fu la prima a complimentarsi con lui in un privé improvvisato alle spalle della pedana, dove svettava una tanica di birra Forst che il cantante naturalmente snobbò continuando a scolarsi il suo gin tonic.

Era così contento di quell'ondata di calore del pubblico che le ribadì di portare chi voleva nella sua villa. Lei, da perfetta PR, invitò il suo compagno chirurgo, e poi il maresciallo, sua moglie e i loro vicini di casa. Subito dopo permise praticamente a tutti di salutare l'artista nel backstage. Tra i primi a passare ci fu proprio Felicetta, che da buona pugliese non conosceva la timidezza, e aveva costretto anche il marito a seguirla.

«Piacere, mi chiamo Felicetta e sono di Polignano. Sa che con la sua canzone mi ha fatto acchiappare mio marito? Dai, presentati a Gabriel. Pure lui canta, ma al coro Plose qui a Brixen.»

Felicetta ogni tanto diceva "Brixen" anziché "Bressanone" per sentirsi un po' international.

Il maresciallo era in imbarazzo mentre Gabriel guardava quegli occhi verdi vagamente intimiditi e tirò fuori il primo sorriso della serata.

«Bella cravatta.»

«Le piace? Questa è quasi più vecchia di lei...»

Gabriel accusò il colpo e Felicetta provò a rimediare dicendogli una serie di ovvietà tra cui spiccò la domanda: «Ha visto che accoglienza le abbiamo fatto?».

«Un po' me l'aspettavo, è la mia città... e complimenti per il profumo meraviglioso. Cos'è?»

Lei tornò sedicenne in un secondo.

«Anaïs Anaïs.»

«Un classico.»

«Vedo che abbiamo gli stessi gusti, Mr Corazón.»

«Sono le donne autentiche come te che fanno andare avanti gli artisti come me. E *Todo corazón* è una hit senza tempo, altro che *I Like Chopin*.»

Clemente non riuscì a trattenersi.

«Ma è la mia suoneria del cellulare! Che coincidenza, madò... Felicè, fammi uno squillo così gliela faccio sentire... Lei sa che fine ha fatto Gazebo?»

Felicetta gli diede una gomitata e assistette con un filo di ansia alla risposta di un Gabriel lievemente piccato.

«Io e Gazebo non ci parliamo più dal 1983.»

«Ah ecco, mi sembrava. Deve avere un brutto carattere... comunque piacere, io sono il maresciallo Clemente.»

Era talmente nel pallone per la gaffe che decise di declinare l'invito in villa che gli aveva rivolto Barbara Kessler, sotto gli occhi increduli di sua moglie. Si premurò solo di chiedere al cantante una foto di loro tre insieme, che Ciro Esposito scattò con un po' di titubanza ma solo perché aveva scordato gli occhiali da vista e non era sicuro di cosa stesse facendo. Foto in cui Felicetta si mostrò terribilmente seria.

Dopo di loro, una coda festosa faceva a gara a chi andava per primo a salutare Gabriel ricordandogli aneddoti della sua adolescenza di cui lui fingeva di ricordarsi, alternando l'italiano al tedesco. Aveva l'adrenalina a mille e quell'affetto gli dava ulteriore energia, in particolare quando a presentarsi furono le due donne che non poteva certo aver dimenticato: sua sorella Paula, che salutò con un certo imbarazzo rispetto a poco prima, e Rossella, la sua fidanzata storica, ancora splendida, che si sforzò di essere sorridente. Per togliersi d'impiccio le invitò entrambe a casa con un tono così perentorio da persuaderle immediatamente.

Poi incaricò il suo impresario, che a sua volta incaricò Bruno, che a sua volta corse a spalancare il cancello della villa.

La coda per i saluti era ancora lunga e Gabriel iniziava a mostrare qualche segno di stanchezza, così Ciro sfoderò una delle armi più efficaci dello star system: il bodyguard. In realtà, dopo molte telefonate, era riuscito a trovare solo una vecchia guardia giurata in pensione, per scortare il cantante a casa insieme agli amici che aveva invitato all'ultimo e che Bruno, da uomo che bada alla sostanza più che alla forma, avrebbe fatto accomodare improvvisandosi maggiordomo.

Felicetta vide a malincuore lo sparuto gruppetto degli invitati avviarsi in fila indiana alla festa, capitanato dalla guardia giurata. Avrebbe tanto voluto essere con loro, perché ormai si sentiva amica di Gabriel e del suo cerchio magico.

«Ma cosa ti è saltato in mente di dirgli no? Quando ci ricapita di andare a casa del cantante che ci ha fatto innamorare?»

«Lo so, ma ci siamo inseriti da poco nella comunità. Dobbiamo tenere basso il profilo, qui sono tutti riservati.»

«Non ci siamo inseriti da poco. Sei stato trasferito per quella faccenda assurda con la moglie del sindaco, e lasciamo stare. Ti ho creduto, ma a rimetterci sono stata anch'io, che ho dovuto mollare la nostra casa per venire qui. E ora vuoi fare l'uomo di montagna inserito.»

Clemente non seppe bene cosa replicare, mentre Felicetta accelerava il passo scuotendo la testa.

Bruno intanto attese l'arrivo di "tutti gli ospiti", come li chiamava l'impresario, che alla fine erano solo sei. Poi comunicò al padrone di casa che era a sua completa disposizione, e lui ribatté compiaciuto: «Credo che avrò presto bisogno di te».

«Come desidera, signore.»

Per non sbagliare, Bruno usava il massimo riguardo quando si rivolgeva a Gabriel, anche se non riusciva a chiamarlo "maestro" come aveva sentito fare con Amedeo Minghi, perché gli veniva da ridere. Così, dopo avergli mostrato il frigo pieno e la stufa accesa, si mise in disparte lasciandolo ai suoi amici, che ruppero gli indugi con l'alcol per accendere la conversazione. Gabriel versò da bere a tutti e sorridendo soddisfatto chiese: «Allora, vi è piaciuto lo show?».

4

Felicetta e il maresciallo Clemente avevano dormito senza nemmeno sfiorarsi come non succedeva da tempo. Lei era sgattaiolata fuori dal letto cercando di non far rumore, era ancora un po' arrabbiata. Era una giornata dal cielo azzurro tenue, velato di una leggera foschia che rendeva l'aria settembrina già fredda. Uscì sul retro della casa per vedere come stava la stella alpina che, poche settimane dopo il suo arrivo lì, le aveva regalato la moglie di un collega di suo marito: un vaso con una preziosa piantina di alta montagna che era severamente vietato togliere dal suo ambiente naturale. Era una tradizione non detta delle mogli dei carabinieri del paese. Tanto, dicevano, "mica i nostri mariti ci possono arrestare per un fiore". Felicetta aveva esitato nell'accettare il dono, ma non voleva creare subito dissapori, quindi aveva deciso di prendersi cura di quell'esemplare così raro, e ogni giorno vigilava con un po' di apprensione che stesse bene.

Quella mattina si accorse che era comparso un bocciolo: la stella stava per fiorire. Giugno e luglio erano passati da un pezzo, ma l'estate trascorsa non era stata molto calda e anche la natura non ci aveva capito più niente. Lo considerò un piccolo miracolo che le restituì un po' di buonumore e restò a osservarla per qualche istante. Era sempre più convinta di avere il pollice verde, e l'Alto Adige si era rivelato un'ottima palestra per coltivare gerani e rampicanti e per prendersi cura di un melo che si era ritrovata dietro casa.

Mentre lei si dedicava al giardinaggio e alla disperata ricerca delle cime di rapa – le migliori le avevano alla Despar – il maresciallo aveva pensato bene di stilare il decalogo del perfetto uomo brissinese per cercare di integrarsi in quella nuova realtà montanara:

1) Tra acqua e birra, sceglie sempre la birra.

2) Tra birra e vino, va in confusione.

3) Ama la neve e odia la pioggia.

4) Se piove va a funghi. Solo nei giorni pari, però.

5) Se non piove va in bici o a sciare sulla Plose.

6) La bici viene comunque prima della moglie.

7) Alle corna della moglie preferisce quelle dei krampus (se non sai cosa sono... non puoi essere brissinese).

8) Ha sempre qualcosa da ridire (come a Polignano).

9) Se è sudtirolese, parla un italiano perfetto soprattutto quando dice le parolacce. Se è italiano, parla un tedesco all'italiana.

10) Non sa se è peggio arrivare in ritardo o mangiare i canederli freddi.

Clemente avrebbe tanto voluto vestirsi una volta da krampus per la festa di San Nicolò: la faccia dipinta di nero, le corna in testa, la pelliccia di capra, i campanacci addosso e la frusta in mano con cui inseguire chiunque volesse provocarlo. Ma andare in giro in quel modo, anche se si trattava di una tradizione secolare, forse non era il massimo per un maresciallo. Per quanto riguardava il bere, invece, si era adattato facilmente, sulla puntualità ci stava lavorando, mentre doveva andare cauto con i canederli perché erano peggio dei panzerotti: non ne mangiavi mai abbastanza.

I suoi preferiti erano comunque quelli al formaggio, naturalmente i più calorici. Ma su un punto si era applicato da vero studente: la bici. In realtà era stato costretto a usarla perché, appena trasferito, l'ufficiale medico lo aveva convocato e messo "in malattia" per fargli perdere peso – erano le regole dei carabinieri – e lui era rimasto così mortificato da acquistare subito la sua prima mountain bike. Per solidarietà ne aveva comprata una anche sua moglie – pretendendola però elettrica – e ne aveva approfittato per eliminare anche lei qualche chilo di troppo. Dopo aver visto una puntata di "Check Up" aveva iniziato insieme a lui la "dieta paleolitica", che non prevedeva orari precisi – si mangiava quando si aveva necessità – ma ci si nutriva scegliendo il cibo non trattato come facevano i nostri antenati, almeno così avevano capito tutti e due: zero farine, nessun formaggio, poca carne, pesce di fiume, uova, frutta e quei noiosi legumi freschi non decorticati che dovevano stare a mollo almeno dodici ore!

Visto che in fatto di dieta erano due dilettanti allo sbaraglio, solo un pasto al giorno doveva essere "paleolitico" e Felicetta aveva scelto la colazione: «almeno ci togliamo subito il peso», aveva aggiunto. Così quella mattina, anche per far sbollire un po' la rabbia, aveva raccolto due mele dall'albero, aveva preparato una trota salmonata al vapore e un caffè a testa: niente pane, niente marmellata, niente yogurt, niente camembert, niente crostate.

«Ma manco una fetta biscottata integrale?»

«Dopo l'ingiustizia che ho subito ieri sera non ti meriteresti neanche un caffè. Quindi silenzio, per favore.»

«Io ho solo chiesto una fetta integrale.»

«Dovevi prima chiedermi scusa.»

«Scusami. Comunque la foto l'abbiamo fatta e ci hai parlato.»

Lui la guardava con gli occhi così da bambino che lei capì di stare esagerando.

«D'accordo, ma almeno a colazione dobbiamo essere fiscali: niente carboidrati, neanche una fetta biscottata. Prima riattiviamo il metabolismo e poi ci concediamo qualche trasgressione.»

«Sì, ma se una fetta biscottata per te è la trasgressione io voglio morire.»

«Dai, piantala, è una prova di volontà, tipo fioretto. E poi siamo in due.»

Il maresciallo fece così buon viso a cattivo gioco: l'umiliazione della dieta obbligatoria era stata dura da accettare, ma ormai aveva imparato a fare colazioni salate. Alla fine la mezza trota di fiume non era poi così male e la dolcezza della mela lo fece arrivare in caserma carico di energia.

Quella mattina molti colleghi avevano saputo che lui, l'ultimo arrivato, era stato invitato al concerto di Gabriel Manero e che il suo tavolo "era proprio attaccato alla pedana", così dicevano soprattutto i colleghi "tedeschi", e lui si ritrovò a rettificare che si trattava, come sosteneva sua moglie, di un piccolo palco. Aveva ancora negli occhi il cantante mentre lasciava il locale accompagnato dalla guardia giurata, e ogni tanto gli riappariva l'immagine di quella donna con le treccine sparita in pochi secondi e dell'uomo con il giubbotto di pelle.

Anche l'impresario di Gabriel si era svegliato particolarmente euforico: gli era arrivato il contratto dalla produzione dell'"Isola dei Famosi", perciò bastava solo una firma del "talent", come c'era scritto su quei fogli, e l'affare era fatto. Ma conosceva bene il suo assistito e sapeva che la mattina ci metteva un po' a carburare, e così ne aveva approfittato per rileggere le varie clausole e definire gli ultimi dettagli dell'esibizione di Bolzano. Voleva evitare la confusione che si era creata a Bressanone, quindi pensò di scrivere un elenco di cose fondamentali che non dovevano mancare per la riuscita della serata, ma gli venne in mente solo il gin.

Provò a cercare Gabriel al telefono, ma suonava a vuoto. Continuò a fissare il suo Rolex per un po' e chiamò Bruno.

«Buongiorno, sono Esposito Ciro, l'impresario di Gabriel. Non riesco a rintracciarlo, lei ha sue notizie?»

«Stia tranquillo, l'ho già sentito più volte perché voleva che gli portassi delle cose. Credo che abbia festeggiato tutta la notte... sarà stanco.»

«Meglio così, allora mi faccio un giretto e lo sento più tardi.»

«Mi scusi se glielo chiedo, ma è vero che lei non sarà più il suo impresario?»

Ciro ancora un po' si sentì mancare.

«Perché mi dice questo?»

«Così ho sentito in paese. Ma forse ho capito male io, oggi tutti parlano solo di Gabriel.»

«Lo so, ma si ricordi che lui ha un unico impresario che sarebbe il sottoscritto: Esposito Ciro.»

«Ma lei è di Napoli?»

«No, sono di Salerno.»

«Ah, quindi tifa per la Salernitana.»

«Io tifo Napoli. Ci sono problemi?»

«No, perché giù nel Meridione tifate tutti per la Juve.»

«Il Meridione non è Napoli.»

«Ma lei è di Salerno!»

«E che c'entra? Lei, scusi, per chi tifa?»

«Io sono sudtirolese e tifo per il Verona.»

«E perché non tifa per il Südtirol?»

«Ognuno tifa per chi vuole.»

«Appunto. Arrivederci.»

Ciro mise giù stizzito e decise di uscire indossando camicia e giacca, perché anche se l'Alto Adige faceva sentire tutti casual, un impresario è sempre un impresario. Prima di lasciare l'hotel, agguantò una mela rossa da un cestino alla reception che dava il benvenuto agli ospiti: al posto delle caramelle, la frutta.

Fece una passeggiata per il paese ammirando le case colorate una diversa dall'altra in una sequenza perfetta, ma evitò accuratamente di attraversare il ponte e avvicinarsi alla Villa delle ombre, chiamata così perché a volte si aveva l'impressione che al piano di sopra ci fossero delle luci accese. Costeggiò l'Isarco gustando a morsi la sua mela, mentre le prime foglie cadute tingevano il paesaggio di giallo.

Ciro vide riflettersi nell'acqua la sua frustrazione e il senso che il tempo gli stesse portando via ogni possibilità di riscatto. Lanciò il torsolo con rabbia nel fiume. Era evidente che Gabriel, in vista della nuova avventura televisiva, avesse cambiato atteggiamento nei suoi confronti, trattandolo come un vecchio bacucco, e lui aveva bisogno di rassicurazioni. Decise di non pensarci, rientrò in albergo e si sdraiò sul letto fissando il soffitto. Poi si mise a controllare la posta elettronica e cercò su internet notizie della serata: trovò unicamente il trafiletto di un blogger locale che parlava del TikToker Baby Rock e solo in seconda battuta dell'artista che rappresentava.

Il cellulare gli rimbombò nelle orecchie. Era la Kessler.

«Buongiorno signor Esposito, grazie ancora per ieri sera... è stato un grande successo. Io sono ancora qui a Chiusa dal mio compagno e sto per andare a Bolzano nell'altro locale che gestisce mia sorella. Mi dice che per stasera si sta prenotando un sacco di gente... quindi volevo sapere a che ora pensavate di arrivare per il soundcheck in modo da organizzarmi.»

«Veramente devo ancora sentire Gabriel... ho provato a chiamarlo ma non risponde.»

«Dormirà ancora... ieri sera ci ha dato dentro con il gin tonic...»

«Può essere. Era in vena di far festa e poi aveva un po' di fuso orario dalla Colombia, ma ora cerco di passare direttamente da lui. Abbiamo tutto il tempo.»

«Sì lo capisco, ma appena può mi faccia sapere.»

Ciro chiuse la telefonata e dopo un po' tornò letteralmente sui suoi passi. Arrivò al ponte Widmann, attraversò il fiume, si fermò e guardò la villa dall'altra parte della strada cercando di cogliere qualche movimento all'interno. Niente. Provò a richiamare Gabriel, senza successo. Era tentato di bussare ma preferì telefonare di nuovo a Bruno, che si stava godendo la sua pipa.

«Come sarebbe a dire che il signore non le risponde?»

«Vuole che glielo dica in tedesco?»

«No, no, ho capito.»

«Le spiace venire qui con le chiavi?»

«Io veramente obbedisco solo agli ordini del signor Gabriel.»

«Sì, ma se lui non risponde al telefono, lei deve rispondere a me... ho un contratto importante da fargli firmare.»

«Mi dia un quarto d'ora e sono lì.»

Andreas, il figlio del signor Bruno, era entrato nella stanza in quel momento.

«Tutto a posto, papà?»

«Non trovano il signor Gabriel, non risponde al telefono e vogliono entrare con le mie chiavi.»

«Be', ieri sera era mezzo ubriaco. Quando sono andato a prendere Rossella lui quasi biascicava... sarà ancora in coma.»

«Lo immagino anch'io.»

«Vuoi che venga con te?»

«No, me la cavo da solo se no magari lui si urta, sai come sono fatti... Semmai prepara qualcosa per pranzo, ma non le penne alla pastora che non sei capace.»

Andreas si mise a ridere: anche se aveva più di quarant'anni, suo padre lo trattava come un ragazzino. Da quando si era trasferito da lui, dopo che la moglie lo aveva lasciato, vivevano insieme senza darsi troppo fastidio. Lo accompagnò alla porta.

«Mi raccomando, non farti mettere i piedi in testa.»

«Io sono buono ma non sono fesso, ed è giusto che torni a controllare.»

Bruno uscì come sempre sbuffando quando suo figlio lo rimproverava, in quell'inevitabile inversione di ruoli che capita a una certa età. Dal quartiere in cui vivevano, vicino al campo sportivo, sarebbe stato più comodo prendere la macchina, ma lui amava camminare lungo il fiume, superato dalle bici che sfrecciavano come siluri. Era il suo modo di tenere allenati il corpo e la mente, e poi temeva che tornare di nuovo senza preavviso potesse far arrabbiare Gabriel, che comunque era bello strano pure lui.

Il vento sferzava le acque dell'Isarco e pungeva la faccia di quest'uomo all'apparenza un po' burbero ma che riusciva ad andare d'accordo con tutti: perché quando hai conosciuto la povertà, diceva, il mondo è sempre uno spettacolo. Arrivò alla villa e trovò l'impresario che fumava nervosamente davanti al cancello. Gli venne voglia di tirare fuori la pipa ma desistette.

«Finalmente. Tra un po' è mezzogiorno...»

«Vedrà che se non apre non sarà in casa o dorme ancora... comunque se mi autorizza usiamo le mie chiavi.»

«Io la obbligo ad aprire.»

Bruno non aveva voglia di litigare e lasciò correre le parole di quel signore sudato. Aprì il cancello e a passi lesti si avvicinò all'ingresso di casa. Una luce filtrava da una finestra dietro le tende.

«Vedrà che sarà uscito e avrà dimenticato la luce accesa» suggerì Bruno.

«O magari sta preparando il pezzo davanti allo specchio con le cuffie e la musica a palla, perché lui è un perfezionista.»

Il custode guardò di nuovo Ciro che gli fece cenno di aprire.

Entrambi ebbero la sensazione che in casa ci fosse qualcuno, ma era solo il crepitio della legna che arrivava dalla stufa.

«Signor Manero! Signor Manero!» iniziò a gridare Bruno davanti al poster di benvenuto, cercando di non muoversi proprio per evitare di spaventare il padrone di casa, ma Ciro lo esortò ad andare avanti in perlustrazione.

Vista la titubanza del custode, cominciò anche lui a chiamare ad alta voce: «Gabriel! Gabriel!».

Sembravano piccoli fan che anelano al bis, e invece erano alla ricerca di un uomo dentro casa sua. Perlustrarono il triplo salone, che era animato soprattutto di bicchieri sparsi. Anche la cucina rustica appariva in disordine, come se fosse stata lasciata nelle mani di un gruppo di adolescenti: sportelli aperti, tovaglioli di carta in giro, qualche piatto qua e là... una bottiglia di champagne mezza vuota, ma del cantante nessuna traccia.

Salirono al primo piano, dove c'erano le camere da letto, compresa quella faraonica del padrone di casa. La luce della stanza era accesa e riverberava nel corridoio. Uno strano presentimento li colse, ma fu Bruno, più a suo agio in quegli spazi, ad aprire la porta: «Signor Manero, è permesso?».

Il custode fece lentamente capolino. La stanza era piuttosto in ordine, anche se il letto era disfatto e alcuni cassetti erano rimasti aperti: su una poltrona c'erano delle giacche di scena dai colori sgargianti.

Bruno decise di controllare anche le due camere degli ospiti e in una trovarono il letto con le lenzuola sfatte.

Ciro iniziava a innervosirsi e certo non lo tranquillizzavano i messaggi WhatsApp che la Kessler gli mandava pieni di "Non vedo l'ora che sia stasera!".

Scese di nuovo con Bruno al piano di sotto, mentre i loro passi risuonavano in un silenzio irreale rafforzando l'impressione di un luogo disabitato. Al custode venne l'idea di andare a controllare anche la stube dei trofei e Ciro gli stava addosso perché si muovesse velocemente. Aprì la porta da cui scendeva una scala di legno che conduceva alla stanza guardata a vista da una testa di cervo, e accese la luce.

Di colpo Gabriel Manero apparve loro come sotto i riflettori. Era riverso sulla scala, come se fosse scivolato e caduto all'indietro. Sembrava ancora respirare in modo flebile, mentre una piccola traccia di sangue macchiava leggermente il gradino.

Il rumore assordante di un allarme rese quel momento ancora più drammatico: era la sirena dei pompieri che, per tradizione come ogni sabato, si faceva sentire alle 11.55 in tutto il paese. Ciro vacillò e si aggrappò a Bruno che, per la prima volta, associò quel suono a un pensiero funesto.

5

Il telefono dell'impresario squillò all'improvviso.

«Mi scusi se la disturbo di nuovo, sono sempre Barbara Kessler... Siamo partiti per Bolzano e se vi serve un passaggio possiamo venire a prendervi tra poco e pranzare insieme là, che siamo di strada, ci farebbe piacere. Magari giriamo anche un video per i social visto il successo di ieri!»

«...»

«Pronto, signor Esposito? Tutto ok?»

«Purtroppo è successa una cosa terribile.»

«Oh, santa Madonna di Loreto. Gabriel si è sentito male?»

«In effetti è a terra privo di sensi. Lei come fa a saperlo?»

«È stata la prima cosa che mi è venuta in mente.»

«Comunque forse è ancora vivo, stiamo aspettando l'ambulanza.»

«Il mio compagno è chirurgo, se vuole passiamo subito... tanto siamo quasi a Brixen.»

«Dove?»

«A Brixen. A Bressanone!»

«Allora venga subito con suo cognato.»

«Non è mio cognato, è il mio compagno.»

«Vabbè, lui, mamma come siete sempre pesanti qui.»

«Certo che se le dico "il mio compagno" e lei mi risponde "suo cognato" io la correggo. Si chiama verità.»

La Kessler mise giù piccata, Ciro Esposito sbuffò, mentre Bruno sempre più angosciato continuava a ripetere «Signor Gabriel, resista!» provando a fargli un massaggio cardiaco senza sapere da che parte iniziare.

«Ma quando arriva l'ambulanza?»

«Speriamo presto... sta venendo anche un chirurgo, se non si è offeso, che qua sono pure permalosi.»

«Anche lei mi pare permaloso, comunque.»

Ciro non si aspettava una risposta del genere e stava per avere una crisi isterica, ma Bruno non aveva certo tempo da perdere e cercava di mantenere il ritmo. L'impresario guardava inerme quel piccolo rivolo di sangue uscire dalla testa di Gabriel e gli sembrò che lui si muovesse impercettibilmente. A un certo punto uscì a spalancare il cancello per fare in modo che i soccorsi entrassero in fretta.

I primi ad arrivare furono la Kessler con il compagno chirurgo, tale Rodolfo, che aveva degli occhiali un po' sproporzionati rispetto alla forma del viso, ma ci vedeva benissimo e quello che osservò non gli parve nulla di buono. Si avvicinò a Gabriel che non aveva polso e non rispondeva agli stimoli. «Deve essere scivolato o ha avuto un malore, è caduto e ha battuto la nuca» diceva, mentre Ciro si metteva le mani davanti agli occhi e Bruno scuoteva la testa incredulo.

Il suono di una sirena li fece sobbalzare. Era finalmente arrivata l'ambulanza, che era rimasta bloccata per un incidente lungo la strada perdendo minuti preziosi. Quando si trovò davanti a quello che ormai sembrava un cadavere, il medico del pronto intervento si risentì nel vedere un'altra persona che toccava il corpo.

«Lei chi è, scusi?»

«Sono il chirurgo Rodolfo Ferrari di Chiusa.»

«Ah, è un chirurgo. E chi l'ha chiamata?»

«Il qui presente impresario di Gabriel che stasera doveva esibirsi nel locale della sorella della mia compagna.»

«Anche se il locale è intestato a me» puntualizzò la Kessler.

Il medico dell'ambulanza stava per perdere la pazienza e si rivolse a Ciro.

«Mi scusi, ma lei chiama tutti i medici che conosce?»

«Come vede sono arrivati prima loro da Chiusa che voi da dietro l'angolo, e qui mi fermo sennò poi dite che sono permaloso.»

«Ma lo dite chi?»

Fu il chirurgo dagli occhialoni a placare gli animi.

«Ora non mi sembra il momento di fare polemiche, ma una cosa è certa: Gabriel è morto, secondo me per una caduta accidentale. Comunque chiamerei i carabinieri.»

La Kessler gli lanciò un'occhiata perché voleva andarsene al più presto, ma il medico di Bressanone la fermò subito: «Mi pare un'ottima idea. Chiamo il maresciallo Clemente, che ieri sera era al concerto, e sentiamo cosa dice».

In quel momento Gino era a casa che provava a cantare al karaoke *Todo corazón*, e stava pensando di proporla anche al coro di cui era membro. Felicetta nell'altra stanza invece non ne poteva più, e forse anche Brinkley, che però non voleva deludere il suo padrone e lo ascoltava sdraiato ai suoi piedi facendo finta che gli piacesse. Il maresciallo immaginava come sarebbe stato bello portare Gabriel anche a Polignano, magari in piazza dell'Orologio o davanti allo scoglio dell'Eremita. Di sicuro sarebbero venuti a vederlo anche da Monopoli e Conversano, poteva scrivere a padre Gianni che se ne sarebbe occupato con il comitato di San Vito. Quei pensieri lo aiutavano ad alleggerire il suo stato d'animo, che con l'arrivo dell'autunno diventava più cupo. Gli mancava tanto la sua casa a Port'Alga, che quando soffiava il maestrale allontanava tutti i cattivi pensieri. Il telefono lo riportò rapidamente tra quelle montagne.

«Dottore, buongiorno, a cosa devo la sua chiamata?»

«Buongiorno maresciallo, c'è un'emergenza. Ha presente Gabriel Manero, il cantante che ieri ha fatto il suo grande ritorno qui a Bressanone?»

«E come no, mo lo cantavo... Ieri sera poi l'ho visto dalla prima fila con mia moglie. È stato di un'umiltà, ma di un'umiltà...»

«Purtroppo non ho una buona notizia da darle. Ci hanno chiamato dalla sua villa e siamo venuti a soccorrerlo in ambulanza, ma è deceduto.»

«È morto? Ma come?»

«Sembra che sia caduto dalle scale in casa, non so se per un malore o chissà... ha perso pochissimo sangue... prima di me è arrivato un chirurgo da Chiusa, perché Gabriel si doveva esibire nel locale della sorella della sua compagna, la Kessler, ha presente, che è proprietaria di una birreria anche a Bolzano, così ho capito.»

«Mamma mè, manco in Puglia ci stanno tutti sti parenti.»

«Tutto il mondo è paese, come si dice in Italia.»

«Scusi, perché lei dove vive?»

«Io qui a Pérsenon.»

«Dove?»

«A Pérsenon. In ladino Brixen si dice così.»

«Madò, mettetevi d'accordo: e si ricordi che in Italia si dice Bressanone.»

«Mi scusi, maresciallo, non volevo offenderla. So che voi del meridione siete molto suscettibili.»

Clemente stava per perdere le staffe, ma c'erano altre priorità.

«Chiamo il mio brigadiere e arriviamo.»

Sembrava che il labrador avesse capito la conversazione, perché iniziò a muoversi nervosamente.

Prima di recarsi in caserma, però, Clemente doveva avvisare sua moglie e sapeva che, quando le notizie erano drammatiche, bisognava comunicarle nel modo più semplice possibile.

«Purtroppo Gabriel Manero è stato trovato morto a casa sua, è caduto dalle scale.»

Felicetta stava dipingendo una brocca di ceramica e lasciò cadere il pennello sulla tavolozza.

«Non ci posso credere. Il nostro cupido... eppure ieri sembravano tutti felici.»

«Be', sì, anche se ho notato una donna un po' strana in fondo alla sala che poi è sparita... e pure un tipo serissimo non lontano da lei.»

«Pensi che c'entrino qualcosa?»

«È quanto meno bizzarro andare via durante *Todo corazón*, se vieni a vedere Gabriel. È come se te ne smammassi mentre la Pausini canta *La solitudine*.»

«Io non la reggo *La solitudine*. A me piace solo *Incancellabile*.»

«Vabbè, non mi pare fondamentale adesso. Forse avranno avuto un'emergenza o qualcosa li ha urtati. Magari volevano essere invitati alla festa.»

«Alla fine è stato meglio che non ci siamo andati... forse te lo sentivi. Pensi che qualcuno lo abbia ammazzato?»

«Perché me lo chiedi?»

«Se stai andando a fare il sopralluogo evidentemente è così, non credi?»

«Questo lo dovremo scoprire. Intanto ti lascio Brinkley che deve fare una passeggiatina, io corro in caserma e vado a vedere.»

«Hai già avvisato la comandante?»

«Mamma mè come sei... Ricordati che il caso di Adoración a Polignano l'ho risolto io.»

«Sì, ma quello è il passato ormai.»

Gino lasciò la stanza seccato. Da quando era stato trasferito a Bressanone, era sì capo del nucleo operativo radiomobile – quindi in autonomia – ma con un ruolo subordinato rispetto alla comandante della Compagnia che chiamò immediatamente, come gli aveva suggerito sua moglie.

«Che succede, maresciallo?»

«Comandante Calabrese, Gabriel Manero è stato appena trovato senza vita nella sua villa.»

«Oh mio Dio...»

«Tra l'altro ieri io l'ho visto in concerto con mia moglie...»

«Sì, lo so ed era anche reperibile. Se la sente di seguire il caso?»

«Certo che me la sento, che domande. E coinvolgerei anche il brigadiere Guglielmotto.»

Lei ebbe un sobbalzo.

«Giuseppe Guglielmotto, certamente. L'autorizzo.»

Sentire quel verbo – "l'autorizzo" – per di più pronunciato da una donna, per di più meridionale come lui, era un duro colpo per un uomo all'antica abituato a comandare.

In ogni caso, la Calabrese perdeva sempre un po' di lucidità quando le nominavano il brigadiere, e avendolo capito Clemente ne approfittava. Voleva seguire la vicenda, e sapeva che quella sarebbe stata la strategia giusta.

Appena uscì dalla sua casa azzurra, vide affacciarsi alla finestra la vicina che fu di poche ma terrorizzanti parole: «*Guten morgen*, maresciallo. È sicuro che il suo cane stia bene? Ultimamente mi sembra un po' sofferente... io lo farei vedere dal veterinario, magari ha mangiato qualcosa di strano».

Il maresciallo aveva molta fretta e nessuna necessità di una gufata a quell'ora, per cui rispose solo: «Domani lo porto, signora Magda, glielo prometto. Il suo è sopravvissuto alla dog sitter?».

«Sì, sì, le ha ringhiato solo un po', per fortuna. Ero in contatto con lei via WhatsApp durante il concerto.»

«Non mi sembra normale che ringhi sempre, però.»

«Lei sta dicendo che il mio cane è problematico? L'ho appena portato da un comportamentalista a Trento e mi ha detto che è tutto ok.»

«Non mi permetterei mai di dire una cosa del genere.»

«Ah, meno male. Se lo conosce è bravissimo. Comunque, quando ha bisogno di un veterinario il mio viene anche a domicilio se vuole.»

«Ah, e quanto costa una visita?»

«Duecento euro.»

«Alla faccia du cazz'!»

«Sì, ma sono soldi ben spesi.»

Al di là del cancello, Brinkley iniziò ad abbaiare in un modo che non gli aveva mai sentito. Clemente era sicuro che quella conversazione non gli fosse piaciuta per niente.

6

Il brigadiere Guglielmotto, pur sentendosi un po' in colpa, era molto adrenalinico perché a Bressanone era finalmente successo qualcosa. La routine quotidiana fatta di smarrimento patenti, blocchi bancomat e vicini ubriachi lo annoiava. Forse per questo aveva lasciato la sua amata Alba, dove funzionava tutto troppo bene, ma si era reso conto che anche in quella terra di confine la vita poteva essere piuttosto piatta. Ecco perché aveva iniziato la relazione clandestina con la comandante: il pericolo lo eccitava e gli piaceva essere, agli occhi di tutti, un *bravo fieul*, come avrebbero detto al suo paese. Quindi appena il maresciallo lo aveva convocato per una morte su cui era meglio approfondire, anche per via della fama della vittima, si era preparato in quattro e quattr'otto, era salito sulla sua bici ed era corso in caserma.

La Villa delle ombre non era poi così lontana dalla stazione dei carabinieri, ma la sua imponenza e il mistero che l'avvolgeva la faceva sembrare più distante di quanto non fosse. Era un edificio che incuteva uno strano timore anche solo a vederlo. A mano a mano che i due si avvicinavano, sentivano crescere la tensione.

Clemente aveva gli occhi persi nel vuoto, mentre nelle orecchie gli risuonavano ossessivamente le vecchie canzoni di Gabriel, che stridevano con la situazione cupa che si preparava ad affrontare. Sapeva che con lui era svanita per sempre una parte della sua giovinezza e mai avrebbe pensato di incontrarlo in tali circostanze. I suoi compaesani avevano visto foto e video della sera prima sul gruppo Facebook "Polignanesi forever" e lui si era gasato nel contare in poco tempo ben settantadue like e ventitré commenti del tipo "Beato te", "Sai vivere" e "Fammi fare un videosaluto".

Guglielmotto, invece, nel pieno dei suoi trent'anni governati da tempra e ambizione, si era già calato nella parte.

«Maresciallo, io non posso credere che questo torna nel suo paese dopo dieci anni, tutti sgomitano per avere un invito alla sua serata, e il giorno dopo lo ritrovano morto.»

«Guardi che io non ho sgomitato per avere l'invito. Mi ha chiamato la Kessler chiedendomi se mi faceva piacere andare, non vedo cosa ci sia di male. Visto che da anni viene sempre in vacanza in Puglia si è presa questa confidenza.»

Il brigadiere aveva invece sentito da una collega sudtirolese che era stato il maresciallo a chiederle i posti, ma evitò di puntualizzarlo. Gino sembrò leggergli nel pensiero.

«Non so che voci siano girate, ma la verità te l'ho appena detta io.»

«Comunque io mica mi riferivo a lei.»

«Invece ti riferivi a me, non fare il piemontese.»

Quando si innervosiva, il maresciallo gli dava del tu.

«Perché, com'è il piemontese?»

«Falso e cortese.»

«Ma quello non era il leccese?»

«Lasciamo stare. Quelli sono ancora peggio!»

Guglielmotto sorrise. Sapeva che il maresciallo amava i luoghi comuni e litigare per le piccole cose, e quando iniziavano a punzecchiarsi, la comandante difendeva sempre il "suo" brigadiere, adducendo addirittura che i calabresi e i piemontesi erano molto simili perché legati alle montagne. "Cosa non fa dire l'amore!" pensava Clemente.

Quando arrivarono alla villa, trovarono ad attenderli proprio la Kessler e il suo compagno, e il maresciallo prese subito in mano la situazione.

«E voi come mai siete qui?»

Fu il chirurgo a rispondere.

«Sono il dottor Rodolfo Ferrari, siamo stati avvisati dall'impresario che il signor Manero stava male, eravamo per strada, siamo accorsi e abbiamo appena constatato che purtroppo è deceduto, lo può dire pure qui il collega.»

«Confermo. E direi che non si è trattato di una caduta accidentale. Come potrà vedere, maresciallo, c'è poco sangue a terra, è tipico di una ferita da arma da fuoco.»

I due medici si lanciarono uno sguardo di sfida, poi il chirurgo ribatté, come per giustificarsi: «Non volevo muovere eccessivamente il corpo».

Clemente capì che la situazione aveva un che di surreale. Poi si rivolse alla Kessler.

«E lei, Barbara, che ci fa qui?»

«Rodolfo è il mio compagno... eravamo insieme quando ho chiamato l'impresario che ci ha detto della disgrazia e siamo corsi qui, vero signor Esposito?»

L'impresario annuì.

«È tutto vero. E prima che me lo chieda, io sono qui perché Gabriel non mi ha risposto al telefono durante tutta la mattina, e così ho chiamato il custode per farmi aprire la porta.»

Bruno si sentì tirare in ballo, allargò le braccia e disse semplicemente «confermo».

Il maresciallo stava andando in confusione, ma non c'era tempo da perdere, doveva vedere subito il corpo. Si fece accompagnare fino alla porta che dava accesso alla stube e osservò Gabriel riverso sulle scale. Era in posizione supina, e Clemente notò in effetti che le gocce di sangue che avevano macchiato il gradino erano troppo poche per giustificare una caduta fatale. Gli sollevò la testa e guardando attentamente scoprì una minuscola perforazione alla nuca. Era stato colpito da un proiettile.

Per poter procedere, telefonò alla Calabrese.

«Caspita, gli hanno sparato? Avviso subito il magistrato, lei tanto credo che sappia come muoversi.»

Clemente si sentì mortificato da quella frase. Da quando era stato allontanato da Polignano aveva la sensazione che tutti lo guardassero come lo sfigato di turno, senza contare che l'avevano messo subito a dieta e che quel trasferimento sua moglie non l'aveva ancora digerito.

In attesa del medico legale e dei necrofori preposti a rimuovere il cadavere, il maresciallo cercò di portarsi avanti.

«Dottore, pensa che sia morto sul colpo?»

I due medici non capivano a chi dei due si stesse rivolgendo, e così fu il chirurgo a rispondere prontamente.

«Credo di sì... e comunque con quell'alcol in circolo non se ne sarebbe neanche accorto. Ieri sera ha bevuto parecchi gin tonic.»

«Neanche un goccio di birra ha voluto!»

La biondissima Kessler – vestita "in borghese" – non era riuscita a trattenersi.

Mentre ascoltava, Clemente disse a Guglielmotto di far accomodare i presenti nel salone, in attesa di interrogarli.

La Kessler continuava a ripetere al suo compagno: «Forse non dovevo fargli portare il gin tonic», mentre Ciro la supplicava di non divulgare la notizia perché avrebbe dovuto redigere un comunicato stampa, visto il calibro del suo artista. Ma le notizie correvano più veloci di lui e ormai tutti sapevano, perché il medico del pronto intervento aveva chiamato la moglie che era una gran pettegola, e immediato era scattato il passaparola. La voce si era sparsa ovunque e il maresciallo pensò che nemmeno in Puglia erano così.

L'ufficialità l'aveva data qualche ora dopo Baby Rock su TikTok dedicando un video a Gabriel: "Riposa in pace Mister Corazón", sotto il quale in poco tempo erano comparsi quasi duemila emoticon di lacrime e cuori infranti.

Intanto Clemente cercò di capire qualcosa in più dal medico dell'ambulanza.

«Che idea si è fatto, dottore?»

Prima di rispondere, l'uomo si guardò intorno e abbassò sensibilmente la voce.

«Io, a differenza del collega, lo avrei toccato subito perché era evidente che non fosse una caduta accidentale.»

«Quindi sta dicendo che il suo collega è stato poco professionale.»

«Bah... è un chirurgo plastico, capirà, non so se ha visto la faccia. È di Chiusa, lo conosco, ma è sempre a Bolzano e i bolzanini sono così. Sanno tutto loro e se la tirano.»

«Saremo anche presuntuosi, ma almeno siamo arrivati prima dei soccorsi.»

Rodolfo aveva drizzato le antenne e rispose prontamente per le rime, ma l'arrivo di Guglielmotto con la sua scia di Paco Rabanne distrasse per un attimo tutti: «Mi ha chiamato la Calabrese per sapere come stiamo procedendo».

«Ha telefonato anche a te, guarda un po'... dille che stiamo per fare una prima ispezione della casa, ascoltiamo i testimoni e attendiamo il medico legale per poi effettuare l'autopsia, che vorrei seguire io. Ok?»

«Perfetto, maresciallo, intanto allerto il reparto. Le spiace se cominciamo con la signora Kessler e il suo compagno? Mi hanno detto che lei deve raggiungere la sorella nel locale a Bolzano e lui avrebbe un intervento da fare.»

«Che intervento?»

«Protesi ai glutei... e lo ha già rimandato due volte.»

«Ma si deve rifare il sedere proprio oggi?»

«Ma non il suo! Di una paziente.»

«Ah, ho capito, e che ne so, ormai tutti si rifanno qualcosa. Prima procediamo con il sopralluogo e poi convochi l'impresario, che sicuramente sa molto più del cantante di questi due, che possiamo sentire dopo.»

«Quindi facciamo aspettare la Kessler.»

«Certo. L'unica bionda che potrebbe passare davanti a tutti è una sola.»

«E chi sarebbe?»

«Marilyn Monroe.»

«Ma che dice, maresciallo?»

«Io ogni tanto ci penso ancora e per me non si è suicidata. La donna più bella del mondo non poteva togliersi la vita, dai. E ricordi sempre: quando vedrà in giro una bella bionda, di spalle, anche se si volterà e sarà bellissima, non sarà mai come Marilyn.»

«In effetti...»

Quando non sapeva cosa rispondere, il brigadiere diceva sempre «in effetti». Il maresciallo si rese conto che il tempo correva veloce e i primi istanti di un'indagine sono fondamentali.

«Ma adesso facciamo un giro nel resto della casa, chissà che non troviamo già qualcosa.»

Da un primo rapido sopralluogo, l'unica cosa che a Clemente saltò all'occhio era che qualcuno aveva dormito nella stanza degli ospiti. Il letto era disfatto e in bagno gli asciugamani erano per terra. Poi tornò sul luogo del delitto e osservò il cadavere con la stessa attenzione che avrebbe dedicato a un Caravaggio in un museo, pronto a cogliere ogni drammatico dettaglio. Su un gradino notò un piccolo pezzo di carta consumato dal tempo su cui appariva una scritta un po' sbiadita: "Astro". Si infilò un guanto, lo prese in mano e si guardò intorno in cerca di altre tracce. Chiese a Guglielmotto, che non lo perdeva di vista, di prendere con diligenza le generalità del custode, dell'impresario, del chirurgo estetico e della signora Kessler, e già che c'era di chiedere proprio a lei quali altre persone erano state a casa di Gabriel la sera prima.

L'arrivo del medico legale sancì definitivamente quello che ormai era evidente: Gabriel Manero era stato ammazzato. L'uomo, assai parco di parole, confermò che era stato colpito da un proiettile. Clemente capì che non c'era tempo da perdere e si attivò per avere l'autorizzazione dal magistrato a far portare il corpo all'obitorio di Bressanone ed effettuare d'urgenza l'autopsia, cui voleva assistere. Non era un esperto di cadaveri, ma nelle sue sere libere davanti al pc, dopo aver guardato il meteo della sua Polignano, passava il tempo a seguire sul web "Elisa True Crime" documentandosi sulla storia dei delitti più efferati, mentre sua moglie non si perdeva una puntata di "Mare fuori", perché si era innamorata di Carmine.

Così, mentre i necrofori portavano via la salma e il brigadiere avviava le pratiche per l'autopsia, Clemente decise di fare un giro intorno alla casa prima di sentire i testimoni. Notò due telecamere esterne: una prima del ponte Widmann e una subito dopo il cancello della villa. Bisognava acquisire le immagini al più presto. Intanto Guglielmotto, sentendo informalmente Barbara Kessler, aveva già redatto l'elenco delle persone che erano transitate nella villa la sera prima: l'impresario, il custode, suo figlio Andreas, la sorella di Gabriel e la sua fidanzata storica, Rossella.

Subito dopo, convocò Ciro Esposito, sulla cui vecchia carta d'identità alla voce "professione" c'era scritto proprio "impresario".

7

Ciro Esposito, settant'anni, abbronzatura da lampada, occhiali fumé, capello corvino – verosimilmente tinto – visibilmente preoccupato, era rimasto tutto il tempo a scrivere sull'agenda il comunicato stampa mentre il suo telefono era in ebollizione.

Il maresciallo lo fece accomodare nella cucina di fianco al salone, ancora nuova pur essendo stata acquistata diversi decenni prima.

«Lei si chiama?»

«Esposito Ciro.»

«Scommetto che è di Napoli.»

«No, sono di Salerno e tifo Napoli, prima che me lo chieda.»

«Io le ho chiesto solo se è di Napoli, a me del calcio interessa solo la Polimnia, si figuri, che gioca in Eccellenza. Lei faceva l'assistente di Gabriel Manero, giusto?»

«Veramente ero il suo impresario.»

«Non è la stessa cosa?»

«Eh, no. Gli assistenti sono comparsi negli ultimi anni, perché gli artisti devono avere qualcuno che gli compra le caramelle, gli fa i video da mettere sui social... i "personal", li chiamano. Ma un artista del calibro di Gabriel non ne aveva bisogno. Era sufficiente un impresario.»

«Cioè un manager?»

«Esattamente, oggi si dice così, ma io appartengo a un'altra generazione... più autentica. Si lavorava con gente che sapeva stare sul palco e cantare davvero, a parte Den Harrow, che non cantava lui.»

«Ah no?»

«No, lui ci metteva la sua bella faccia e poi era tutto in playback con la voce di altri. Lo ha raccontato in un'intervista. Ma era un'eccezione. E anche oggi di cantanti seri ce ne sono pochi: tanti hanno bisogno dell'autotune...»

«Auto che???»

«L'autotune. Il male assoluto. La spina nel salmone. Una merda pestata prima di salire in macchina. L'autovelox in discesa.»

«Ho capito che è una cosa brutta, ma a cosa serve?»

«Praticamente anche se sei stonato ti aggiusta la voce, diciamo così...»

«Ah, come quella di Blanco.»

«Esattamente, anche se Blanco è intonato. Lei, maresciallo, lo conosce?»

«No, non personalmente, ma chi come me canta questi qua li deve conoscere: Blanco, Salmo, Sfera, Ultimo... li conosco tutti.»

«Perché anche lei canta?»

«Da qualche mese faccio parte del coro Plose che qui è un'istituzione, e poi mi diletto con il karaoke.»

«Che cosa trash il karaoke...»

Il maresciallo si risentì subito.

«Guardi che le sto facendo io le domande e lei non è tenuto a fare commenti.»

«Mi scusi ma a me il karaoke mette proprio tristezza, comunque non volevo offenderla.»

Clemente ormai se l'era presa ma cercò di dissimularlo.

«Ovviamente Gabriel Manero non era il suo vero nome, giusto?»

«No, lui all'anagrafe si chiamava Gabriele Pesciola.»

Al maresciallo venne un attacco di ridarella che fece fatica a controllare.

«Ah, ho capito: aveva un nome d'arte.»

«Eh sì, vuole mettere Gabriele Pesciola contro Gabriel Manero? Ti riempiva proprio la bocca...»

«Concordo, impresario, ma mi racconti di lui.»

«All'epoca la maggior parte degli artisti non scopiazzava le canzoni ma le scriveva di proprio pugno: i grandi successi di Gabriel sono nati così.»

«Ma i successi sono stati solo tre.»

«E con tre lei usa il plurale o il singolare?»

«Il plurale, ovvio.»

«Che poi erano quattro, diciamolo. Perché anche *Luna stonata* era un bellissimo lento, ballato quasi come *Cigarettes and Coffee* di Scialpi, quello di *Rocking Rolling*.»

«E *Pregherei*!!!»

Il maresciallo pensando a certe canzoni perdeva un po' il controllo per poi tornare improvvisamente serio.

«Mi scusi... riprendiamo. Lei come lo ha conosciuto?»

«Io Scialpi lo conosco da quando lo chiamavamo Giovanni, che poi è il suo nome.»

«Ma non Scialpi! Come ha conosciuto Gabriel!»

«Mi scusi, sono un po' frastornato.»

Ciro Esposito distolse un attimo lo sguardo, come se gli servisse prendere le distanze per ritrovare meglio i ricordi.

«Tanti anni fa mi chiamò il capo della sua casa discografica. *Todo corazón* stava scalando le classifiche, Gabriel lo volevano tutti, e così mi assunsero. Vinse pure un Telegatto e glielo consegnò addirittura Mike Bongiorno, anche se Gabriel non se lo filò di striscio. Fece la star. Dopo un paio d'anni le cose non andavano più bene, ma ormai ci eravamo legati, così continuai a organizzargli piccoli tour, eventi, matrimoni... abbiamo lavorato sempre bene... sempre...»

L'impresario si fermò. Quella parola, "sempre", lo aveva fatto commuovere. Il maresciallo lo lasciò in silenzio qualche minuto, e anzi trattenne anche lui l'emozione: in fondo, aveva visto l'artista nell'ultima sera della sua vita, e lo aveva anche applaudito.

Appena Ciro si riprese, Clemente andò avanti.

«So che oltre all'Italia, Gabriel aveva una certa fama anche in Sudamerica.»

«Sì, in Sudamerica li ha conquistati, anche se l'unico paese che non l'ha mai abbandonato è la Colombia... da dove era tornato proprio due giorni fa per venire qui. Maluma gli ha fatto addirittura i complimenti e lo segue anche su Instagram.»

«Chi è Maluma?»

«Come chi è Maluma? È il numero uno dei cantanti colombiani, quello che ha tatuato "Medellin" sulla pancia, non so se ha presente... ha un dobermann.»

«Che c'entra, io ho un labrador.»

«Eh, ma il cane di Maluma è famosissimo.»

«Comunque, vada avanti.»

«Come le dicevo, è grazie alla sua popolarità in Colombia che Gabriel ha deciso di non vendere questa villa in cui ci troviamo ora, dove non veniva quasi mai... voleva far capire a tutti che anche se in Italia se lo erano dimenticato lui valeva ancora qualcosa.»

«In Italia quanto poteva guadagnare per una serata?»

«Dipende... per il tris, dai mille euro ai cinquemila...»

«Per tris intende le tre canzoni famose?»

«Esatto.»

«E lo pagavano anche in tv?»

«Solo quando è andato al reality "Ora o mai più", dove è stato battuto da Paolo Vallesi, per me ingiustamente. Altrimenti partecipava gratuitamente, era una forma d'investimento. Appena compariva in televisione lo chiamavano alle sagre di paese. Una volta a quella delle pere Williams ci hanno dato settemila euro, anche se per averli ci ho messo due anni. Ma con le pubbliche amministrazioni è così... devi aspettare.»

«E ora c'era qualcosa in ballo?»

«Certo. Lo volevano all'"Isola dei famosi" ed erano disposti a dargli un sacco di soldi... ho qui il contratto che doveva firmare stamattina, giusto perché lei lo sappia.»

«Cavolo, quindi era un bel momento per la sua carriera, e pure per lei.»

«Sì, eravamo pronti per un grande ritorno, anche perché Gabriel era sempre stato amato dal pubblico, lo ha visto anche lei, e un reality come quello gli avrebbe dato la nuova ondata di popolarità di cui aveva bisogno.»

«Immagino. Ma ripensando a ieri sera, ha avuto qualche sensazione strana quando siete venuti qui?»

«No, in realtà. La serata è stata "top", come si dice a Milano ogni cinque minuti.»

«Io sapevo che a Milano è tutto "super": super bello, super carino, super simpatico.»

«Vabbè, è Milano: o è "super" o è "top" o è "ma dai!". Il linguaggio degli influencer.»

Il maresciallo sorrise.

«Ci sta. Ma quindi le sembrava una serata normale?»

«Gabriel era un po' nervoso perché tornare a Bressanone dopo tanti anni lo agitava, ma la storia dell'"Isola" gli aveva dato una carica tale che non era più sicuro di volersi esibire anche a Bolzano... infatti le sorelle Kessler non erano tanto tranquille secondo me.»

«Ma sono discendenti delle gemelle Kessler?»

«Ma va', queste sono solo due sorelle, una bionda e una mora che ieri non si è vista.»

«E lei come sa che l'altra è mora?»

«L'ho scoperto su Instagram quando mi sono documentato sul locale di Bolzano. Sono un professionista.»

«Ma perché Gabriel non era più voluto tornare qui?»

«Perché la gente ti perdona tutto, tranne il successo... è banale, ma è così. Lui all'inizio si presentava sempre con il suo gruppo e si esibiva nei locali della zona con canzoni sue ma anche con brani famosi: sapevano fare tutto Battisti, all'epoca andava forte.»

«Veramente Battisti va forte ancora adesso.»

«Sì, ma all'epoca di più... Comunque. Dopo Castrocaro, dove presenta *Luna stonata*, lo prendono a Sanremo tra le Nuove Proposte, ma finisce male... Vogliono la canzone in versione italiana e al posto di *Todo corazón* arriva *Tutto cuore*, il pezzo non funziona e non va neanche in finale. Però c'è un ma.»

«E cioè?»

«Nella versione spagnola, *Todo corazón* si fa strada da sola. Prima la mettono le radio locali, e le persone da casa iniziano a richiederla ossessivamente. Tutti la vogliono e cominciano a proporla anche nei locali, la devono inserire di corsa nei juke-box... e la canzone parte. Ma come sempre nella vita ci vuole un po' di culo. Si può dire "culo" ai carabinieri?»

«Ormai l'ha detto.»

«Un giorno mi telefona Maurizio Seymandi per dirmi che un cantante si era ammalato e non poteva andare a "Superclassifica Show"...»

«Quella del Telegattone?»

«Certo. Sono il gatto sul tetto che ascolta...»

«... la prego, Esposito, non si metta a cantare lei adesso però.»

«Mi scusi.»

«Quindi mi diceva che dopo "Superclassifica Show" qualcosa cambia.»

«Eh, sì. Dopo quella domenica, tutti vogliono Gabriel, l'estate si avvicina e lui e Gazebo diventano i più gettonati. Io inizio a chiedere soldi, tanti, tantissimi... e i locali me li danno pur di poter dire che ci sarà Gabriel Manero che si esibisce. Non sa i quattrini che ci siamo fatti in poco tempo. Tutti in nero, le valigette con i soldi dentro.»

«Ah, però.»

«Lo dico a lei, tanto mica è della Finanza.»

«Che c'entra, sono sempre un servitore dello Stato, quindi stia attento alle parole che dice, che vanno a verbale.»

«Allora le tolga!»

«Ma ormai le ha dette. E i soldi li gestiva lei?»

«Diciamo che lo aiutavo e avevo pure la delega sul conto, anche se ovviamente era tutto sotto il suo controllo.»

«Quindi fiducia totale in lei.»

«Certamente, sono una persona seria.»

«E poi?»

«Poi, dopo quel singolo, lui inizia una nuova vita: Milano, Roma, Sanremo, il Sudamerica, il "Festivalbar"... quando vieni dalla provincia e scali le classifiche, succedono due cose: o la provincia ti fa schifo, o la provincia ti schifa.»

«E a lui cosa è successo?»

«Entrambe le cose.»

«Ma perché come cognome d'arte aveva scelto proprio Manero?»

«È stata un'idea dei discografici dopo il successo della *Febbre del sabato sera*, c'era appena stato Tony Manero e quindi volevano cavalcare le mode. All'epoca era così: Den Harrow, Gazebo, i Righeira... tutti avevano nomi particolari. L'unico normale era Vasco Rossi.»

«Erano anni belli, eh?»

Il maresciallo continuava a pensare a cosa era appena accaduto.

«Erano anni in cui tutto poteva succedere ed eravamo, se non più felici, più spensierati. A partire dai bambini: ma li vede lei oggi i ragazzini che hanno un'agenda fitta di impegni manco fossero Lionel Messi? Lezioni di sport, di musica, ripetizioni, lingue straniere... portano zaini più grandi di loro, addirittura hanno fatto lo zaino trolley! E poi sono tutti soli con gli occhi sul telefono, nessuno che guarda il cielo e le altre persone. Io boh. Per non parlare delle canzoni: all'epoca sembravano leggere e un po' sceme ma i ragazzini ancora adesso conoscono *Gioca Jouer*, e *Maledetta primavera* la cantano pure all'Armani Cafè ai compleanni vip. Quante canzoni di oggi canteremo tra quarant'anni? Non ci ricordiamo neanche le hit dell'anno scorso.»

Clemente annuiva ma, nostalgia a parte, aveva un'indagine in corso.

«Comunque il nome di Gabriel Manero non suonava affatto male. Da che famiglia veniva?»

«Gente improbabile. La madre, poveretta, era una sudtirolese di umili origini ed è morta giovane, il padre veniva dalla Basilicata e non si è mai capito che lavoro facesse, era un mezzo trafficone, mentre Gabriel e la sorella erano in competizione... anche se ieri Paula è andata al concerto, poi è venuta qui a trovarlo e hanno cantato pure insieme.»

«Ah già che dopo la serata c'era la festa. Ero invitato anche io, pensi, ma ho preferito non essere invadente... che poi dicono che siamo meridionali.»

«Be', è vero.»

«E quindi?»

«E quindi niente, ha fatto bene a non accettare, glielo dico da terrone.»

«Va bene, ma vada avanti.»

«Come le dicevo, Gabriel ha fatto un piccolo after show con pochi e selezionati ospiti.»

Il maresciallo lanciò un'occhiata a Guglielmotto affinché verificasse che corrispondessero alla lista dei nomi che gli aveva dato la Kessler.

«Oltre alla sorella Paula, c'era una certa Rossella Sartori, la sua prima ragazza che però poi si è fatta venire a prendere dal fidanzato, il figlio del custode, mi pare che si chiami Andreas Sinner. A dire la verità lei si era già fatta viva con me perché si era fissata che voleva comperare la villa, ma io le ho detto che era meglio parlarne con Gabriel.»

«Sa se lo hanno fatto?»

«Credo di sì perché a un certo punto si sono appartati, ma non so molto di più. Poi c'erano Barbara Kessler con il suo compagno Rodolfo e un certo Markus che non so bene da dove fosse sbucato... uno con un ciuffone alla Giambruno.»

«Ah, sì il mio vicino di casa: Markus Gasser. Ma stava anche la moglie Magda?»

«No, no, da quello che ho capito hanno un cane che gli dà molte preoccupazioni.»

«Lasciamo perdere. Poi c'eravate anche lei e il custode?»

«Esatto, anche se io e Bruno ce ne siamo andati un po' prima.»

«Quindi era una festa con quattro gatti.»

«In effetti eravamo in sette più Gabriel: meglio pochi ma buoni.»

«Ma fratello e sorella quindi si sono parlati?»

«Sì, e alla fine hanno pure scherzato. Anche se doveva essere successo qualcosa proprio negli ultimi giorni e Gabriel si era innervosito...»

«Cioè?»

«Il giorno prima di venire qui è voluto andare da un notaio a Bolzano per fare testamento.»

«Ah. Proprio il giorno prima?»

«Esatto.»

«Lei sa dirci il nome di questo notaio?»

«Certamente. Il notaio Gruber, come Lilli Gruber.»

Guglielmotto scrisse il nome in stampatello.

«Ma per il pagamento delle performance qualche volta fatturavate?»

«Qualche volta di sicuro.»

«E le altre?»

«Siamo in Italia... se non facciamo un po' di nero non ci resta niente, saremmo dei dipendenti sfigati.»

«Sta parlando a un dipendente e a un carabiniere.»

«No, ma lei non è uno sfigato. Era così per dire.»

Il maresciallo lo guardò perplesso, mentre all'impresario stava venendo uno strano tic agli occhi e li chiudeva e apriva di continuo.

«Mi dica invece stamattina cos'è successo esattamente.»

«La giornata come le dicevo è cominciata bene, perché è arrivato il contratto dell'"Isola dei Famosi", quindi inizio a chiamare Gabriel perché volevo che lo firmasse al più presto, ma lui non risponde. Aspetto un po', faccio un giro, torno in hotel, lo richiamo ma niente. Così telefono al custode chiedendogli di venirmi ad aprire la villa, e lo aspetto davanti alla casa di Gabriel. Il resto lo sa.»

«A che ora vi siete trovati davanti al cancello?»

«Secondo me mancavano venti minuti a mezzogiorno, più o meno.»

Clemente si segnò tutto sottolineando i dati più importanti. Guardò l'orologio e si rese conto che il tempo correva veloce e voleva sentire anche gli altri testimoni. Gli fece firmare il verbale – Esposito Ciro – e lo lasciò tornare al suo hotel.

8

Capisci di essere a dieta quando guardi continuamente l'ora per sapere se è il momento, se non di un pasto, almeno di uno spuntino. Chissà se anche nel Paleolitico era così, pensava il maresciallo vedendo sul tavolo i vassoi con i salatini avanzati dalla sera prima. Moriva di fame e decise di ascoltare insieme Barbara Kessler e il suo compagno Rodolfo Ferrari. In fondo non era un interrogatorio e voleva accelerare i tempi.

«Barbara, noi un po' ci conosciamo, lo sa, ma qui la prassi è che lei ci racconti qualcosa della sua vita: chi è, cosa fa...»

«Io, come vede, sono una ragazza bionda per niente naturale, ho quarantacinque anni, sudtirolese fuori e italiana dentro, vengo da una famiglia di ristoratori per cui so gestire i locali e sto molto attenta al mondo che mi circonda e a non ingrassare.»

«Be' mi pare già una buona presentazione, ma mi faccia capire meglio: Gabriel stasera doveva esibirsi nel locale di sua sorella a Bolzano, ma lei che c'entra?»

«Allora: il locale è intestato a me, ce l'ho da anni, e lo gestisce mia sorella di cui mi fido ciecamente. Mica solo voi in Puglia avete i parenti.»

La Kessler sorrise e il maresciallo non riuscì a non contraccambiare.

«È vero, in effetti. Mi racconti come sono andate le cose.»

«L'idea di far venire Gabriel l'ho avuta io, che sono una vera appassionata degli anni Ottanta, mi sono pure vista tutte le serie tv ambientate in quel periodo e ho capito che quel genere di artista funziona ancora, soprattutto per un pubblico maturo. Ecco perché sono stata felice di averlo fatto tornare qui a Brixen, alla Casa del luppolo: sono venute anche le televisioni. Poi stasera si sarebbe dovuto esibire a Bolzano e volevamo offrirgli un passaggio in macchina così poteva fare le prove con calma... E quando abbiamo saputo di quello che sembrava essere un malore, io e il mio compagno ci siamo precipitati qui, vero amore?»

Seduto accanto a lei, Rodolfo annuiva vistosamente e il maresciallo osservava la sua pelle lucida e i ritocchi piuttosto evidenti. Era uno dei pochi che riusciva ad abbinare con gusto pantaloni a quadretti e giacche a righe, e al collo portava un foularino con una certa spavalderia.

«Lei è... Rodolfo Ferrari, giusto?»

«Esatto. Anche se qualcuno mi chiama Rudy, come Rudy Zerbi.»

«Ed è medico?»

«Sì, chirurgo estetico.»

«In effetti si vede.»

«In che senso?»

Il maresciallo riuscì a salvarsi in corner.

«No, dicevo, si vede che è uno specialista, ecco. Proprio dallo stile.»

«Cioè un medico di base si veste in un altro modo?»

«Non intendevo questo, comunque sì: lei ha un forte senso estetico essendo un chirurgo estetico.»

Rodolfo lo fissava perplesso aggiustandosi il foulard e Clemente non sapeva come venirne fuori.

«C'è un'estetista molto brava qui a Bressanone, una certa Rosa, non so se la conosce... ci vado sempre per fare la ceretta alle spalle, che mia moglie mi vuole liscio liscio.»

«Maresciallo, lei non può confondere un chirurgo estetico con un'estetista.»

«Sì, lo so... facevo per dire.»

«Invece è un problema perché ormai tutte le estetiste si sentono mezze chirurghe, fanno un sacco di trattamenti inutili... e ci rovinano la reputazione.»

«Le sue pazienti si sono mai lamentate?»

«Le donne si lamentano sempre. Ma ad alcune basta eliminare una ruga per appianare i conflitti. Solo sulla bocca non si può sbagliare perché tornare indietro è impossibile.»

Clemente pensò che le donne in televisione si assomigliavano tutte: zigomi alti, labbra carnose e quasi sempre bionde.

«Immagino sia un problema, ma forse è meglio se mi racconta di ieri sera. Anche lei era invitato qui, giusto?»

«Esattamente, ora però dovrei andare a fare un intervento.»

«Sì, sì mi hanno detto. Ai glutei. Lei intanto mi racconti...»

«Ero con la mia Barbara, che aveva organizzato l'evento.»

«È stata una bella serata?»

«Bellissima. All'inizio era un po' tutta incentrata su di lui: io, io, io! Che poi non riuscivo a guardarlo da quanto botox aveva in faccia. Avrebbe fatto meglio a fare un micro-lifting.»

«Sì, ma mi dica di ieri sera...»

«Gabriel ci ha offerto qualcosa da bere qui in salone... poi ci ha portato nella stube per farci vedere i suoi dischi d'oro... anche se qualcosa lo ha innervosito perché ha chiamato il custode da parte per parlargli.»

«Tipo?»

«Ho sentito che Bruno diceva di non preoccuparsi... accennava a un qualcosa che sarebbe stato ritrovato. Poi Gabriel ha tirato fuori la chitarra e ci siamo messi tutti a cantare.»

«*Todo corazón*, immagino.»

«Sì, e poi ha fatto *Non voglio mica la luna* perché è ancora in contatto con Marina.»

«Quale Marina?»

«Fiordaliso. La cantante. Si chiama Marina di nome e Fiordaliso di cognome.»

«Ah, non lo sapevo... quindi vi siete divertiti, bene. E vi siete fermati molto nella stube?»

«Non so, una mezz'oretta... lui era seduto sul divano e ci raccontava dei suoi grandi successi e di quando non si è filato Mike Bongiorno.»

«Vabbè, ma mi dica come si comportava Gabriel.»

«Era felice, brindava... anche se aveva un po' di forfora...»

«Ma che c'entra la forfora?»

«Un personaggio pubblico non può avere la forfora.»

«Vede allora che è un esteta? Vada avanti.»

Ferrari ebbe un moto di compiacimento.

«Oggi ci siamo ritrovati a soccorrerlo perché un medico è sempre un medico, ma lei ci fa domande come se c'entrassimo in questa storia...»

«Questa è la prassi, io non mi sto divertendo. Mi dica se ha notato qualcosa di anomalo, a parte la forfora e questa discussione tra Gabriel e il custode.»

«Mi pareva un po' su di giri... sembrava quasi che sentisse che gli stava per succedere qualcosa.»

«Barbara, lei concorda?»

«Sì, Rudy ha ragione, anche se io ero così felice per la serata che mi sembrava tutto bello. Finalmente tutte le comunità di Brixen riunite nel mio locale! Ma concordo sul fatto che Gabriel è stato generoso con tutti noi, facendoci cantare fino all'ultimo istante. Sembrava una serata d'addio.»

«Lei conosceva anche le altre persone qui?»

«A parte l'impresario, che avevo sentito per lavoro, quelli di Bressanone li conoscevo almeno di vista.»

«Ha notato qualcuno con un atteggiamento particolare?»

«No, tutti normalissimi. Oddio, ora che ci penso è successa una cosa strana.»

«Tipo?»

«L'impresario mi ha chiesto se per andare in Austria dal Brennero ci sono dei posti di blocco alla frontiera... mi è sembrata una domanda particolare.»

«In effetti lo è. Le ha accennato altro?»

«No, solo questo.»

«Voi due vivete insieme qui a Bressanone, Barbara?»

La Kessler mostrò un'espressione finalmente rilassata.

«No, ci siamo fidanzati da un paio d'anni, ognuno ancora a casa sua... ci siamo innamorati perché io volevo farmi un po' di punturine e Rodolfo ha detto che ero bella così. Come potevo non innamorarmi? Lui abita a Chiusa e io qui, in una villetta indipendente.»

«In che zona?»

«Un po' sopra la sua casa azzurra.»

«Ah, vive anche lei a Stufles? Non lo sapevo. Quindi conosce anche Magda e Markus, i miei vicini?»

Lei titubò un attimo.

«Be', tra sudtirolesi è quasi impossibile non conoscersi. Comunque ho più confidenza con lui perché mi capita di andare nel suo negozio, Raritaten. Sono una sua cliente: a Rudy piace l'antiquariato e ogni tanto gli compro un regalo... come sa, ieri sera c'era anche Markus qui alla villa.»

Clemente osservò ancora un attimo quella coppia, fece firmare il verbale a entrambi, lasciò che lui andasse a tirare su glutei e lei ad aprire il suo locale di Bolzano. Poi uscì per chiamare Bruno Sinner, che era stato lasciato per ultimo.

Il custode entrò nella stanza con la pipa nel taschino e la faccia di chi va alla lavagna pensando di non essere preparato.

9

Ci sono uomini che dimostrano sempre settant'anni: mai veramente vecchi, mai particolarmente giovani. Bruno Sinner era uno di questi. Tonico senza aver mai fatto sport, solo camminate e lavori manuali, la miglior palestra per molti longevi. Mentre andava a sedersi davanti al maresciallo aveva però un passo meno spedito e gli occhi bassi.

«Bruno Sinner all'anagrafe, giusto?»

«Esatto e non sono parente del tennista, prima che me lo chieda.»

«Peccato. Lo sa che Jannik Sinner si è allenato pure a Trani?»

«No, questo mi mancava. So solo che qui da noi è motivo di grande orgoglio.»

«Ma non siete neanche cugini alla lontana?»

«No, niente. Lui è di Sesto, io di San Candido. Vicini ma lontani.»

«Lei quindi non è di Bressanone?»

«No, io vengo dalla Val Pusteria, ma ho sposato una brissinese e alla fine mi sono ritrovato qui.»

«Sua moglie vive ancora con lei?»

«No, sta ad Avellino, dove ho lavorato per tanti anni prima di tornare qui.»

«E che ci faceva ad Avellino?»

«Il tuttofare di un grosso imprenditore di cemento, molto bravo in ogni cosa, anche a fregarmi la moglie.»

«Cioè sua moglie si è messa con quello che le dava il lavoro?»

«Esattamente, e mi ha mollato abbandonando pure nostro figlio, pensi. Andreas me lo sono cresciuto io... portandomelo di nuovo a Bressanone, perché là abbiamo scoperto che soffriva di talassemia e ogni tanto gli serviva una trasfusione, e ad Avellino era più complicato. Il giudice ha dato ragione a me e ho avuto l'affidamento, anche perché la mia ex moglie non è stata così convincente.»

«Che posto è Avellino?»

«In quella città ci devi nascere o non la capirai mai. È un paese di montagna in Campania, sembra una contraddizione.»

«E quindi suo figlio l'ha cresciuto solo lei?»

«Non è poco. Si è diplomato e ora ha trovato la sua strada: produce sedie di legno per le stube, le classiche con i cuori intagliati nello schienale come quelle che ci sono qui nella villa. Il mio garage sotto casa è diventato il suo laboratorio.»

«E ha famiglia?»

«Era sposato anche lui, e anche lui è stato lasciato dalla moglie per uno più ricco e ora è tornato a vivere con me... qui gli affitti sono altissimi.»

«Eh, ma che sfiga che avete, signor Sinner!» Clemente ogni tanto non riusciva a trattenersi. «Nel senso, mi spiace per voi... ma mi pare che ora abbiate raggiunto un vostro equilibrio.»

«Sì, da qualche tempo Andreas frequenta una donna un po' più grande, Rossella. Ha tredici anni più di lui, ma non si nota tanto. E poi il cuore è uno zingaro, si sa. È venuta anche lei ieri qui nella villa dopo il concerto, e mio figlio è passato a prenderla solo a fine serata... non voleva sembrare invadente dato che io lavoro qui.»

«Quindi è entrato in casa?»

«Sì, perché Gabriel ci teneva che bevesse almeno un cocktail, ma poco dopo sono andati via.»

«Sono una bella coppia?»

«Sembrano innamorati, quindi direi di sì. A lui sono sempre piaciute le donne mature, forse è stato il trauma della madre, chissà.»

«Stiamo parlando di Rossella Sartori, giusto? La prima fidanzata di Gabriel.»

«Sì, ma quarant'anni fa!»

«Quando è stata l'ultima volta che ha visto Gabriel?»

«Ieri sera... poi stamattina mi ha chiamato tre volte. Prima voleva le sigarette, poi gli era venuta voglia di strudel, poi mi ha richiamato per chiedermi di lasciargli la roba davanti alla porta e di non disturbarlo. Era un po' sovraeccitato, come i bambini dopo le feste... E non l'ho più sentito.»

«Verso che ora l'ha chiamato?»

«Saranno state le nove passate.»

«Andreas le dà una mano anche in questa villa?»

«No, qui basto e avanzo io.»

«Quanti mazzi di chiavi possiede di questa casa?»

«Due.»

«E li tiene entrambi con sé?»

«Sì, sì adesso li ho tutti e due io.»

«Perché dice "adesso"? A volte queste chiavi le dà a qualcuno?»

«No, no.»

«E allora perché ha detto che adesso li ha tutti e due?»

«Per un po' un mazzo non lo trovavo e invece era in un cassetto in mezzo ad altre cose.»

Il maresciallo non era convinto della spiegazione ma preferì soprassedere.

«Intanto mi racconti come ha conosciuto Gabriel.»

«Lui e la sorella venivano da una famiglia modesta, noi pure, e quindi parlavamo la stessa lingua. I poveri e i ricchi si capiscono bene solo tra di loro. E così, quando ha deciso di comprare questa villa, sapeva che di me si poteva fidare. Voleva che sembrasse sempre abitata... o comunque non doveva apparire abbandonata. Diciamo che la teneva per rappresentanza.»

«Quante volte ci sarà venuto?»

«Ci veniva in gran segreto un paio di volte all'anno, poi da quando è morto il padre dieci anni fa non ci aveva più messo piede.»

«E perché ha deciso di tornare a cantare qui secondo lei?»

«Non lo so. È capitato tutto velocemente. Certo mi è sembrato un po' nervoso quando mi ha detto che aveva questa serata... sapeva che molti lo stavano aspettando da anni...»

«E perché?»

«Come perché? Dopo che è riapparso in tv di colpo tutti si sono ricordati di lui. Quando ti vedono lì dentro, le persone pensano che tu sia migliore di loro.»

«Ma c'era qualcuno a cui era antipatico o con cui aveva qualche problema?»

«Può essere, ma io non lo so perché mi sono sempre fatto i fatti miei. Ieri erano tutti di buonumore.»

«Anche Gabriel?»

«Lui era proprio felice, anche se poi si è arrabbiato perché dalla stube era sparito il Telegatto.»

«Cioè?»

«Lui aveva vinto un Telegatto, ma in mezzo ai premi ieri mancava.»

«Lei ricorda di averlo visto?»

«In effetti c'è sempre stato.»

«Quindi forse qualcuno lo ha fatto sparire.»

«Non lo so, ma può essere. Poi però gli è passata e sono tornati tutti nel salone qui di fianco a cantare... e io a un certo punto me ne sono andato.»

«Gabriel le ha detto qualche cosa di strano ieri?»

«Cosa intende per strano?»

«Non so, una minaccia, una frase sibillina.»

«Niente, voleva solo il gin e il Telegatto.»

«Lei non si è risposato?»

«No, ora sto con una signora di Brunico che è proprio brava, ma ognuno a casa sua.»

«Ci ha fatto altri figli?»

«No. Uno basta e avanza. E lei ha figli?»

Clemente si urtava un po' quando gli facevano quella domanda.

«Veramente lei è tenuto solo a rispondere, non a chiedere.»

«Ma non c'è niente di male ad avere figli.»

«Comunque, no. Le viene in mente qualcuno che ce l'avesse con Gabriel?»

«Sicuramente un concittadino che è diventato famoso in tutto il mondo qualche invidia l'avrà suscitata... Può chiedere a Lupin che pare sappia sempre tutto.»

«Il tizio che ha il bar vicino alla stazione? Quello di Molfetta?»

«Maresciallo, per noi da Bozen in giù sono tutti uguali. Comunque sì, è quello in via degli Alpini che sta aperto fino a tardi, l'unico.»

«E perché lo chiamano Lupin?»

«Credo perché non batte quasi mai gli scontrini... ma sa tutto di tutti.»

Clemente guardò quell'uomo che in realtà gli sembrava più sveglio e presente di quanto volesse dimostrare. Gli chiese di firmare il verbale e lo lasciò andare, finalmente libero di riaccendersi la pipa.

La vita di Gabriel cominciava a essere un po' più complicata di una canzone.

10

Il maresciallo arrivò alla camera mortuaria dell'ospedale di Bressanone dove lo aspettavano il magistrato e il medico legale, un po' burbero ma molto scrupoloso.

Il corpo di Gabriel appariva ormai lontano anni luce dall'uomo che avevano applaudito la sera prima. Solo gli occhi chiusi davano un senso di pace, mentre il resto del volto trasmetteva inquietudine, soprattutto la bocca, lievemente aperta, come se chiedesse aiuto. Clemente sentiva risuonare il motivetto di *Todo corazón* nella sua testa e rivedeva una moglie giovanissima che gli ballava di fronte: quella canzone rappresentava il loro tempo delle mele.

Il magistrato assisteva alle operazioni, ma stava un po' defilato e si fidava ciecamente del giudizio del medico che, dopo un'attenta ispezione, confermò che la causa della morte era dovuta a un colpo d'arma da fuoco. Un evento improvviso e fatale, da approfondire con un'analisi tossicologica per vedere se ci fossero tracce, oltre che di alcol, di sostanze stupefacenti.

«Per l'orario esatto del decesso ci vorrà molto?»

«No, giusto il tempo di fare un paio di analisi e le comunico l'esito.» Poi, approfittando di un momento di distrazione del magistrato, il medico aggiunse: «Se vuole glielo dico anche al telefono, visto che mi pare urgente: la sostanza per me è più importante della forma, e lei è una persona seria».

Clemente restò sorpreso dal senso pratico di quell'uomo, che apprezzò, e gli annotò velocemente il suo numero di cellulare. Quindi assistette all'estrazione del proiettile, che avrebbe di certo fornito nuovi elementi sulla natura dell'arma che lo aveva esploso.

«Sembra quello di una calibro 22» disse in un modo così assertivo che si sorprese lui stesso.

Appena rientrò in stazione venne convocato dalla comandante Calabrese.

«Le devo fare i complimenti. Il magistrato mi ha appena chiamato per dirmi che la sua intuizione era corretta. L'arma che ha ucciso Gabriel Manero è proprio una calibro 22. Ecco qui l'esito.»

«Eh, sì, ma ora dobbiamo capire se recuperiamo il bossolo in modo da rintracciarla.»

«Certo, da oggi lei ha carta bianca, si muova come ritiene opportuno.»

Sebbene cercasse di non ammetterlo in modo esplicito, Clemente si sentiva gratificato da quelle parole. Stava per iniziare una nuova avventura e il caso era tutto sulle sue spalle.

Decise di condividere subito quel risultato con sua moglie. Mentre rientrava nella sua casa azzurra, che ormai tutti ammiravano per il balconcino fiorito di Felicetta, al fondo della strada incontrò la vicina carica di borse del supermercato.

«Ha fatto la spesa?»

«Sì, da Royal Pet. Ho preso di tutto: crocchette, bocconcini in scatola, anche delle bottiglie di acqua per il gatto.»

«Che acqua?»

«È un'acqua con il PH regolato, che non gli crea calcificazioni.»

«Ma il mio cane può bere l'acqua normale?»

«Sì, per ora sì.»

«Meno male. E suo marito non c'è?»

«Stamattina è andato da un restauratore.»

«Siete sposati da molto?»

«Da vent'anni... Pensi che prima di conoscermi andava a caccia, faceva i safari, era fisso al poligono di tiro... e io l'ho convertito. Le armi sono pericolose. Ma oggi siamo sconvolti dalla morte di Gabriel... Markus è anche andato alla festa, non so se voi siete stati invitati.»

«Certo, ma abbiamo preferito tornare a casa. Appena rientra gli dica di chiamarmi.»

«Va bene, collaborerà di sicuro alle indagini. Comunque mi saluti Felicetta che è sempre così schiva, non sembrate neanche italiani.»

«Perché, come sono gli italiani?»

«Socievoli, fanno festa, invitano subito le persone a casa, mentre noi ci mettiamo una vita prima di dare confidenza... Però voi mi avete ispirato fiducia e quindi qualche volta potremmo vederci da noi anche con i nostri bambini.»

«Ma noi non abbiamo figli.»

«Infatti intendevo i nostri pet.»

«Che pet?»

«I nostri animali. In inglese si dice pet.»

«Ah, come i Pet Shop Boys. Si ricorda *It's a Sin*?»

«Noi ascoltiamo solo musica tirolese.»

«Appost'.»

«Cioè?»

«In pugliese vuol dire: che bella idea.»

La signora non era molto convinta ma non voleva polemizzare.

«Ma si è capito come è morto Gabriel?»

«Non posso dirle nulla, tra poco faremo l'autopsia.»

«Sarà stato drogato come tutti i cantanti... anche ieri sembrava su di giri. Chissà se aveva animali, che poi quando uno muore chi si prende cura delle bestioline?»

«Signora, vado a casa che mia moglie mi aspetta.»

Clemente non vedeva l'ora di fare l'ultimo tratto di salita e lasciarsi il mondo alle spalle. Appena chiuse la porta, emise un sospiro e trovò Felicetta concentrata come sempre sulle ceramiche che tanto amava dipingere. In realtà, quel giorno si era messa all'opera per non pensare troppo. Si sedette sul divano, gli occhi fissi nel vuoto. Neanche le piante la potevano consolare.

«Ah, sei tu. Continuo a pensare a Gabriel e non riesco a darmi pace. Com'è andata l'autopsia?»

«Bene, ho indovinato l'arma del delitto.»

«Cioè?»

«Quando hanno estratto il proiettile ho provato a dire che era una calibro 22 per darmi un tono, dato che quella è un'arma molto diffusa... e ci ho azzeccato. Così il magistrato ha chiamato la comandante che mi ha fatto i complimenti e ha detto che si fida di me.»

«Sei pazzo ma ti amo, e sono sicura che ce la farai.»

«Quindi non sei più arrabbiata con me?»

«Sì, anche se davanti alla morte dovremmo sentirci tutti stupidi per le sciocchezze che ci fanno arrabbiare.»

«Vabbè, meglio non pensarci. Ora torno alla villa con Guglielmotto per il sopralluogo.»

«Sei teso?»

«Sì.»

«Meglio. I cavalli di razza devono aver paura, altrimenti non vincono.»

«Ah, sì? Dove l'hai letto?»

«Da nessuna parte, lo penso da sempre.»

Il maresciallo sorrise, ma sua moglie non aveva finito.

«Forse avresti bisogno di una donna.»

«Tu mi puoi aiutare come sempre con il tuo amore e le tue idee.»

«Ma mi fai così egocentrica? Io pensavo ad Agata De Razza. La tua brigadiera di Polignano... se non sbaglio ha lavorato qui a Bressanone per anni, giusto?»

«Sì, sì, ma ora non ho tempo di pensare a niente. Devo andare, e già che ci sono mi porto Brinkley, che ha sempre un buon fiuto.»

«Mi pare un'ottima idea.»

Appena uscì di casa, il maresciallo rifletté che in effetti almeno un consiglio ad Agata lo poteva chiedere, anche perché il brigadiere gli aveva scritto di essere in leggero ritardo: ufficialmente aveva una perdita dal lavandino del bagno, in realtà stava limonando con la comandante Calabrese. E così, senza pensarci troppo, Clemente le telefonò.

«Il maresciallo che mi chiama a quest'ora... deve essere successo qualcosa di grosso.»

«Eh sì Agata, spero di non disturbarti.»

«In effetti sì. Sono da una mia amica che voleva farmi assaggiare le sue polpette... come aperitivo.»

In un attimo, il maresciallo era tornato in Puglia e gli sembrava già di sentire il profumo di fritto.

«Ops. Le polpette sono sacre ma ti chiamo per una cosa seria. Stamattina è morto Gabriel Manero, quello di cui ti ho mandato il video ieri sera.»

«L'ho appena saputo e sono rimasta basita... *Todo corazón* la mettevano sempre alla festa patronale. Poi quando stavo a Bressanone molti mi hanno parlato di lui.»

«L'hanno ammazzato.»

«Oh mio Dio. È già emerso qualche elemento interessante?»

«Sì, qualcosa. Poi ti dirò. Comunque gli hanno sparato con una calibro 22. Ora sto andando a fare la perquisizione con gli uomini del RIS e vediamo cosa viene fuori. Ho già sentito i primi testimoni che lo hanno trovato, e ho saputo che aveva appena fatto testamento.»

«Un bel casino, insomma, immagino che non sia semplicissimo per te muoverti a Brixen.»

«Più o meno... per questo ti ho chiamato... magari hai qualche consiglio da darmi, qualche informatore...»

Agata stette un istante in silenzio, prima di prendere la rincorsa e parlare.

«Senti, faccio una pazzia: vengo su. Qui a Polignano c'è poco da fare e io dovevo già prendere qualche giorno di vacanza, ne approfitto per rivedere un po' di amici che non sento da tempo. Ovvio che devo venire in borghese ma ti posso dare lo stesso una mano.»

«Ma veramente...»

«Ma veramente lo dico io. Non voglio che si discuta su questo, anche se scommetto che è stata tua moglie a dirti di chiamarmi...»

«E come lo sai?»

«Le mogli hanno sempre ragione, ricordalo. Se riesco arrivo già domani, lasciami organizzare, tu mi raccomando tieni i tuoi occhi sempre aperti e fidati solo di te.»

«Agata...»

«Dimmi, Gino.»

«Ti voglio bene.»

Clemente mise giù senza aspettare un secondo perché non si sopportava quando diventava sentimentale.

Il brigadiere arrivò trafelato e con la camicia ancora sbottonata che strideva un po' con il suo aplomb piemontese, ma al maresciallo piaceva anche per questo.

Si era rivelato un tipo sveglio, anche se piuttosto taciturno. A volte si accendeva con dei guizzi di genio, come succede spesso alle persone che vivono un po' lontano dal mondo e proprio per questo non danno mai nulla per scontato.

«E questo è il tuo cane antidroga in pensione?»

«Esattamente. Anche se è vecchiotto, Brinkley sa sempre cosa cercare.»

Giunsero alla Villa delle ombre con uno spirito molto diverso rispetto a quello di poche ore prima. Gli uomini delle investigazioni scientifiche erano arrivati in modalità astronauta mentre il maresciallo cercava di sembrare padrone della situazione, anche se con qualche goffaggine di troppo. A un certo punto capì che non poteva rischiare figuracce, e si affidò a chi le cose le sapeva fare. Appena si sentiva osservato cambiava posto, anche per non intralciare il loro lavoro. Sapeva mettersi da parte seguendo ogni gesto con quegli occhi più verdi del solito, sempre veloci, sempre attenti.

Nella camera degli ospiti, su quel letto disfatto, vennero rinvenuti alcuni capelli castani, pronti per essere analizzati. Sotto una sedia del salotto, invece, gli uomini trovarono un mazzo di chiavi di fattura troppo recente per poter essere della villa.

Clemente cercava di osservare la casa a mente fredda, come se la vedesse per la prima volta, e quello che più notò fu il disordine.

Il suo cane, dopo essere stato quieto durante la perquisizione delle stanze, aveva iniziato a tirarlo con insistenza verso la stube nel piano interrato. E proprio vicino all'ultimo gradino, nascosto dalla polvere, trovò il bossolo dell'arma che aveva sparato. Venne subito repertato da uno degli esperti perché potesse essere analizzato al più presto. Subito dopo il maresciallo e Brinkley entrarono nella stube, dove le ricerche furono particolarmente accurate. Lì, in effetti, era sparito il Telegatto.

Brinkley trascinava irrequieto il suo padrone e abbaiava rivolto al sofà, dove un cuscino sembrava fuori posto e aveva una cerniera aperta. Era così nervoso che iniziava a urtare Clemente quasi quanto il cane della sua vicina, ma il maresciallo non poteva non fidarsi di lui. Così chiese di rovistare meglio nel divano per vedere se spuntava qualcosa. Ed ecco che, incastrato in un angolo, uno degli uomini si ritrovò fra le mani un telefonino. Era un nuovissimo iPhone acceso ma bloccato, che era stato nascosto o forse era semplicemente caduto lì. Il maresciallo guardò Brinkley soddisfatto, ma lui continuava imperterrito ad abbaiare saltando addirittura sul cuscino con la cerniera aperta, per cui si convinse a far controllare anche quello. L'addetto si avvicinò per repertarlo, e il cane finalmente si placò.

Clemente lo guardò e vide nei suoi occhi un pizzico di compiacimento. Era un emotivo come lui.

Intanto gli agenti stavano mettendo mano ai filmati delle due telecamere esterne nei pressi della villa. Chi arrivava in auto di fronte all'ingresso principale veniva sicuramente catturato da entrambe, sia in entrata sia in uscita. Il passaggio sul retro invece non era sorvegliato, e quindi in teoria si poteva arrivare e andare via senza essere visti.

«Guglielmotto, ora che acquisiamo le immagini dobbiamo muoverci.»

Il brigadiere non provava neanche un po' di stanchezza, mentre Clemente si sforzava di sembrare un grillo ma ogni tanto si esercitava nella sottile arte dello sbadiglio a bocca chiusa. Iniziava a essere davvero tardi, l'aria era sempre più fredda, lui si fermò in stazione per riferire alla comandante e poi finalmente rientrò a casa. Aveva bisogno di ritrovare le idee e un po' di pace.

Senza dire nulla, Felicetta si mise a preparare un toast: di sera la preistoria poteva andare a farsi benedire e quindi benvenuto il pancarré con prosciutto cotto e sottilette.

Suo marito si sedette sulla sua poltrona di vimini, come faceva quando doveva trovare una soluzione, iniziò a rileggere le prime dichiarazioni delle persone che aveva sentito e stilò di nuovo l'elenco di quelli che avevano partecipato alla serata.

Aveva però un'immagine che continuava a ronzargli nella mente.

«Ma tu ieri sera nel locale non l'hai proprio notata quella donna con i capelli lunghi e le treccine?»

«No, me l'hai accennato, ma dov'era?»

«Vicino all'ingresso. C'era anche uno con i capelli lunghi tutto serio ma mi ha colpito lei... una che potrebbe essere amica della nostra vicina di casa... quelle tipe un po' strambe tutte macrobiotica, bacche di goji e semi di zucca. Quando Gabriel ha finito di cantare *Todo corazón* mi sono girato e non c'era più.»

«Non lo so, io guardavo solo lui, era così felice, e noi pure. Per un attimo sembrava Capodanno.»

Clemente riprese i primi verbali, e anche Felicetta volle leggere qualcosa qua e là. In fondo, ogni moglie sa essere anche un buon investigatore all'occorrenza, e poi lei era curiosa da morire. Ancora una volta la piccola stampante portatile di suo marito non l'aveva tradito e le testimonianze erano perfettamente leggibili. Gli altri teste presenti alla serata erano già stati convocati e si sarebbero presentati in caserma la mattina dopo: Rossella Sartori, Andreas Sinner, Markus Gasser e Paula Pesciola, la sorella di Gabriel.

«Felicè, che ne pensi delle cose che hai letto?»

«Forse Gabriel con Bressanone aveva qualche attrito, un po' come Modugno con la tua Polignano... che poi ci ha fatto pace prima di morire.»

Felicetta non perdeva occasione per lanciargli una frecciatina, perché il trasferimento non le era proprio andato giù e il maresciallo, da buon polignanese, si risentì subito.

«Però non possiamo paragonare Domenico Modugno a Gabriel Manero, dai.»

«Intanto hai fatto di tutto per andare al concerto ieri sera...»

«Sì, ma l'ho fatto per te.»

«Per me? Allora vuoi proprio farmi saltare i nervi. Ci siamo andati perché anche tu ci tenevi!»

I coniugi Clemente, come la maggior parte degli innamorati, litigavano per futili motivi.

«Va bene, chiudiamola qui, hai ragione.»

«Ci mancherebbe.»

«Però vai avanti.»

«Per ora ho trovato un po' strana questa Kessler che arriva con il chirurgo, anche al concerto non mi convinceva vestita come una Barbie tirolese. Anche se mi è molto simpatica.»

«Dell'impresario e del custode che impressione ti sei fatta?»

«L'impresario Esposito Ciro? Che personaggio! È un insicuro che però se la tira, ma Bruno Sinner è parente del tennista?»

«No, non sono cugini nemmeno alla lontana.»

«Peccato. Lui l'ho già visto in paese, è il classico finto tonto: la moglie che lo lascia, il figlio talassemico che va a vivere da lui perché pure sua moglie lo lascia.»

«Ma perché finto tonto?»

«Io dubito sempre di quelli che si raccontano come vittime... Ma insomma, non è possibile vedere i tabulati delle telefonate, le telecamere... quelle cose di cui parlano sempre a "Chi l'ha visto"?»

«Certo, ma non confondere i carabinieri con la televisione. Stiamo acquisendo le immagini delle telecamere e i tabulati con le celle del telefono che aveva in tasca Gabriel.»

«Chi te lo fa?»

«Mimmo, il più bravo dei tecnici che collaborano con noi. Lui da un cellulare ti tira fuori vita, morte e miracoli. E dato che è molto bravo tutti vogliono lui, ma lui non vuole tutti.»

«Ma a te sì.»

«Ovvio. Come può dirmi di no uno che si chiama Mimmo?»

Felicetta sorrise, mentre Clemente cercava già di mettere insieme i primi tasselli.

«E poi c'è un'altra cosa che mi ha detto l'impresario a fine deposizione, non so se l'hai letta.»

«Non sai se l'ho letta? Ma certo, il testamento!»

«Gabriel l'ha fatto a Bolzano il giorno prima di esibirsi. Quindi domani devo andare dal notaio.»

«Giusto. Magari spunta fuori un nome utile. Sarebbe bene capire perché qualcuno possa avere interesse ad ammazzare un cantante a fine carriera... magari era pieno di debiti.»

«Non lo so, ma per me Gabriel era una persona buona. E i buoni alla fine muoiono anche per colpe che nemmeno sanno.»

«Perché sei convinto che fosse buono?»

«È un cantante, e i cantanti restano sempre bambini. I bambini non hanno mai fatto male a nessuno.»

11

Il maresciallo aveva troppi pensieri per la testa e allora si chiuse nella stanza del karaoke. Si affacciò alla finestra e rimase per un attimo a farsi cullare dai rumori dell'acqua e della natura: in lontananza, svettavano i due campanili del duomo e la torre bianca, ma quello che lo colpiva erano le finestre delle case spesso prive di tende: la luce, per chi vive in una valle, è più importante della privacy. Gino era un po' nostalgico, si era alzato il vento, così decise di cantare *Ma che freddo fa* di Nada. Felicetta evitò di disturbarlo ma lo ascoltava di nascosto dalla camera accanto. La sua vena interpretativa era talmente malinconica che pure Brinkley decise di lasciarlo solo: soffriva a sentirlo così, anche se entrambi alla fine avrebbero voluto applaudirlo. Tutti e due erano in trepidante attesa della canzone successiva, e quando alle loro orecchie giunsero le note di quegli inconfondibili violini, Felicetta capì che suo marito stava per cantare *Il cuore è uno zingaro*, un'altra delle sue canzoni preferite. Era un vecchio brano che innescava nel maresciallo un processo quasi catartico in cui lui amava perdersi.

Felicetta e Brinkley si misero in ascolto fuori dalla stanza, immobili, mentre lei mimava con le labbra un improbabile playback. Quando suo marito finì, lei aprì la porta e si trovò di fronte un uomo che chiedeva solo una cosa: un abbraccio. Gino la strinse a sé e Brinkley, pur essendo presente, li lasciò sbaciucchiare senza intromettersi. Felicetta si commosse.

«Perché piangi?»

«Non lo so. Penso a tutto quello che è successo e questa cosa non mi dà pace. Sembra che non si possa essere felici per troppo tempo che subito succede qualcosa che rovina tutto.»

«Vedrai che come sempre ne verremo a capo e troveremo giustizia.»

«Ma ce la farai solo se rimani fedele a questa canzone: lascia che il tuo cuore sia libero. I casi non si risolvono con la ragione ma con i sentimenti. Me l'hai sempre ripetuto, non dimenticarlo.»

Il maresciallo annuì sorpreso, soprattutto perché era convinto che sua moglie non lo ascoltasse quasi mai quando parlava.

«Ma tu, Felicè, questo brano lo preferisci nella versione di Nada o in quella di Nicola Di Bari?»

«Nada tutta la vita.»

«Nicola Di Bari tutta la vita.»

«Madò, solo perché sei pugliese... chissà se abbiamo ancora il quarantacinque giri.»

«Di sicuro sarà da qualche parte insieme a quello di *Todo corazón*. Prima li conservavamo tutti come reliquie, poi li abbiamo messi nelle scatole, poi abbiamo portato le scatole in cantina... e alla fine il tempo passa e non si trova più una mazza.»

Felicetta rise.

«Dopo l'ultimo trasloco è già tanto se abbiamo ancora l'album del nostro matrimonio... ma vedrai che un giorno salteranno fuori.»

Il maresciallo era tentato di andare in cantina e metterla sottosopra, ma per affrontare una cantina bisogna essere fisicamente riposati e mentalmente preparati, e c'era ancora qualcosa che non lo lasciava tranquillo. Anche se si era fatta un'ora impossibile doveva parlare subito con Lupin, come gli aveva suggerito Bruno.

Così chiese a Brinkley se aveva voglia di farsi ancora un giro, pur sapendo che sarebbe stato un sì, che poi è il bello dei cani: per uscire e per mangiare sono sempre pronti.

Clemente conosceva bene il bar di Lupin e pure a Bressanone iniziavano a familiarizzare con quel maresciallo che girava in mountain bike oppure con il suo labrador.

Lupin era un essere umano con un tocco da disegno animato: più alto della media, secco secco, una vaga "r" moscia e sempre sudato. Oltre ad avere una vera vocazione per l'evasione fiscale, era l'amministratore del gruppo Facebook "Sei di Molfetta se..." che aveva più iscritti di "Polignanesi forever", e questa cosa al maresciallo dava un po' fastidio. Sapeva risolvere in un baleno ogni tipo di problema, soprattutto se tendente al losco, dagli oggetti smarriti ai telefoni perduti, dalle auto rubate ai farmaci per cui serviva la ricetta. Appena vide entrare Clemente si mise in bocca un chewing-gum e accennò un sorriso.

«Marescià, che ci fa ancora in giro?»

«Cercavo qualcuno informato e ho pensato a lei.»

«Informato lo sono sempre, ma nel rispetto della legge, come lei sa.»

«Certo, a Bressanone tutti si fidano di lei. La chiamano Lupin anche per questo.»

L'uomo rise, visibilmente innervosito.

«Che si dice a Polignano? Io ogni tanto penso di chiudere tutto e aprirmi un chiosco a Molfetta...»

«A chi lo dice... a me manca il mare.»

«Il mare, se ci nasci, è come la mamma. Ti mancherà sempre.»

Lupin la metteva sul poetico perché non era tranquillo sul motivo della visita del maresciallo, che infatti arrivò subito al dunque.

«Volevo qualche notizia in più su Gabriel Manero, il cantante. Mi pare che lei lo conoscesse, e pure sua sorella.»

Lupin si rilassò: quella era una storia che lui sapeva piuttosto bene, perché tutti gliene avevano riferito qualche pezzo e ora poteva ricostruirla. Chiese al suo apprendista di occuparsi del bancone, e fece accomodare Clemente in una piccola sala sul retro, a volte sala da poker – a locale chiuso – a volte luogo di scambio di merci rubate o contraffatte. Si mostrò disposto a collaborare perché sapeva che il maresciallo se ne sarebbe ricordato a tempo debito.

«Quanto mi è spiaciuto per lui, me l'ha appena detto la moglie del medico del pronto soccorso.»

«Cosa le ha detto?»

«Be', stasera doveva cantare a Bolzano, ma questa mattina lo hanno trovato a casa morto ammazzato.»

«Ha idea di chi possa essere stato?»

«Nessuna. Io posso sapere di qualche furtarello, ma qui si tratta di qualcosa di grosso.»

«Lei lo conosceva?»

«Ci siamo conosciuti da ragazzi, mi ero appena trasferito dalla Puglia con i miei. Avevamo più o meno la stessa età, anche se lui era ancora più squattrinato di me, forse per quello ci eravamo simpatici. Non voleva lavorare ma solo cantare e... diciamo... fare colpo sulle ragazze. Era un donnaiolo ossessionato dal sesso, se si può dire così.»

«Certo, siamo uomini.»

«Ma lui era più trasgressivo di noi, credo... gli piacevano le cose strane, lo sapevano tutti, e poi era un artista.»

«In che senso *le cose strane*?»

«Non so, le cose di gruppo, i travestimenti... era uno molto disinibito per l'epoca.»

«Ho capito. Ma qui a Bressanone come lo vedevano?»

«Lo sa come vanno queste cose. All'inizio nessuno gli dava retta e lo prendevano in giro quando si esibiva con un trio di sfigati, non mi ricordo il nome... quando però ha iniziato ad avere successo da solo, di colpo tutti facevano gli amiconi.»

«E poi?»

«Poi è uscita *Todo corazón* e lui si è fatto subito la villa... quella sulla Rienza, forse per farsi notare. So che l'aveva comprata per poco dalla madre di Markus, che all'epoca era una sua fan.»

«Markus Gasser il mio vicino di casa che ha il negozio di antiquariato?»

«Esatto. Raritaten. Lui viene da un'ottima famiglia, ma poi hanno dilapidato tutto... una banda di scialacquoni, e Markus si è dovuto sposare una donna ricca.»

«Magda.»

«Esattamente. All'inizio Gabriel ci veniva, poi sempre meno spesso, e quando ci ha messo a vivere la ragazza so che hanno avuto una grossa lite... lei gli ha distrutto la casa.»

«Intende Rossella Sartori?»

«Sì, lei era uno schianto di ragazza che a tutti noi maschi dell'epoca faceva venire le fantasie... era pazza di lui e stava sempre con la band. Era quasi un membro del gruppo, anche se non cantava e non suonava. E ha commesso l'errore di non seguirlo a Milano quando lui ha deciso di partire... Come se ti fidanzi con DiCaprio e non vai a Los Angeles.»

«Vabbè, mo non esageriamo con i paragoni.»

«Comunque so che si sono lasciati. Dicevano anche che lei fosse rimasta incinta, ma nessuno sa davvero come sono andate le cose. Poi si è messa con un altro ed è sparita... ha fatto anche una figlia credo, quasi subito, e alla fine è tornata a Bressanone.»

«Anche Gabriel l'aveva persa definitivamente di vista?»

«Mi pare di sì. A Milano aveva iniziato a farsi storielle con le vallette, una dietro l'altra.»

«Già stavano le vallette negli anni Ottanta?»

«Maresciallo, quelle c'erano anche prima. Poi sono diventate sexy, hanno trovato i calciatori e si sono trasformate nelle veline. Le prime a iniziare tutto però sono state le tettone del "Drive In", se le ricorda?»

«Eccerto.»

«Finché ci sono maschi eterosessuali ci saranno sempre questi personaggi in giro.»

«E a Gabriel piacevano?»

«Ovvio. E Rossella ha sbagliato a lasciarlo troppo libero... Poi all'epoca mica c'erano i telefonini: se uno spariva, non sapevi dove andartelo a cercare. E così lei ha iniziato a insospettirsi, a prendere i treni per Milano... fino a che una volta, dopo aver scoperto che lui aveva una storia con una cubista, ha deciso di chiudere del tutto e gli ha distrutto mezza villa. Per questo poi lui ha chiamato Bruno, quello cornuto col figlio cornuto.»

«Su, non dica così. Tutti noi siamo stati cornuti nella vita.»

«Anche questo è vero, ma meglio non saperlo.»

«E invece che rapporti aveva Gabriel con la sorella?»

«Aveva litigato anche con lei, tanto per cambiare. Paula credo che ce l'avesse con lui perché non era più tornato a trovare il padre e, quando è morto, Gabriel ha preteso di avere la sua parte anche se aveva già un sacco di soldi. E quella è stata l'ultima volta che si è visto qua. Anche se poi pare che in realtà lo abbia fregato proprio lei, ma ha fatto bene... si è presa un piccolo maso con una vigna... è una donna cazzuta. Insomma, così si dice.»

«Ah ma lei, Lupin, sa proprio tutto.»

«Per forza. Sono molfettese, per cui ognuno mi racconta qualcosa e sa che da me non esce.»

Clemente si sforzò di non cadere nella provocazione, perché sapeva che Lupin voleva arrivare a parlare del suo gruppo Facebook.

«Pensa che Gabriel avesse dei nemici?»

«Ovvio. Il successo non te lo perdona nessuno, soprattutto se è immeritato.»

«Ma Gabriel era bravo!»

«Sì, ma ha fatto tre canzoni.»

«Tre canzoni che cantiamo da quarant'anni.»

«Anche lei ha ragione.»

«E aveva amici?»

«Be', come le dicevo, da giovane di amici ne ha avuti tanti soprattutto da quando è diventato famoso. Mi chiedo quanti gliene siano rimasti alla fine.»

«E lei con Rossella e Paula è ancora in contatto?»

«Non proprio, anche se a volte le incontro in giro... soprattutto Paula, perché vado spesso da lei a comprarle un po' di vino.»

«È buono?»

«È ottimo.»

«E quanto lo fa la bottiglia?»

Il maresciallo amava parlare dei prezzi.

«A me otto, ma agli altri ne chiede dieci.»

«Madò, un affare. Meno del Negroamaro. La prego di non dire a nessuno di questa mia visita, ok? Fa parte del segreto professionale.»

«Va bene, maresciallo, mi raccomando anche lei però. Se può, chiuda un occhio.»

«Se posso, ne chiuderò a breve due perché sto morendo di sonno.»

Clemente lasciò Lupin con la sensazione che non ci stesse capendo granché. Un messaggio su WhatsApp gli riaccese la speranza: "Mi scusi l'ora. Dalle analisi il decesso è avvenuto approssimativamente tra le 10 e le 11 di stamattina. Poi le mando la documentazione. Buon lavoro e buonanotte".

Il medico legale era stato di parola e lo aveva avvisato personalmente. Ora aveva un orario su cui concentrare le ricerche, e questa cosa gli diede un po' di sollievo. Tornò sui suoi passi fino a casa e si rese conto del numero infinito di chiese che trovava sul suo cammino, in un paese che era molto più inquieto di quanto apparisse. Era questo che da subito l'aveva colpito di Bressanone: dietro l'ordine, le regole, la perfezione e la devozione si nascondevano piccoli misteri. Quando il maresciallo passò davanti alla chiesa di San Michele fece un saluto al santo sperando che gli mandasse un cenno almeno lui.

12

A casa Clemente non c'era bisogno della sveglia perché il gallo dei vicini iniziava a cantare alle sette. Subito dopo partivano le campane della chiesa – le prime di una lunga serie – in una sorta di miniconcerto agreste che li accompagnava ogni mattina. Questi suoni d'altri tempi scandivano le giornate dei due coniugi, anche se Felicetta di solito si alzava ancora prima. Ormai aveva preso l'abitudine di fare un giro per salutare le sue piante benedette dalla rugiada: toglieva le foglie secche, accarezzava i fiori, controllava che non ci fossero parassiti e poi andava dalla sua amata stella alpina lucidando gli steli con l'olio di lino.

«Scusi, ma che pianta è quella?»

Magda la vicina era già lì, al di là del reticolato, e teneva in braccio il suo gatto che aveva appena bevuto l'acqua con il PH speciale. Felicetta andò nel panico.

«Non lo so, me l'hanno regalata.»

«A me sembra una stella alpina.»

«Dice?»

«Certo, lo dico, vivo qui da sempre. Ma dove l'ha presa? Viene dall'alta montagna, non si può raccogliere e piantare in casa.»

«Ormai me l'hanno regalata e la curo qui... guardi com'è bella, non credo che ci sia nulla di male.»

«In teoria, no, ma è proibito. Rischia una denuncia.»

«Ma come, Magda? Ha intenzione di denunciarmi? Io che mi

prendo a cuore tutti gli esseri viventi, aiuto i ragazzi a gestire il canile... insomma, sono una brava cristiana.»

«Ah, lei aiuta i ragazzi del canile? Non lo sapevo... questa sì che è una sorpresa.»

«Mi fa piacere. Poi ci tengo a dirle che l'amore che lei ha per le sue creature è un vero esempio per me e mio marito. E sono pazza di Nuvola, il suo coniglietto.»

Felicetta un po' si pentì di quella lecchinata, ma ormai conosceva i punti deboli della vicina e – soprattutto – voleva tenersi la sua stella alpina senza problemi. Anche Magda, in realtà, si rese conto che era meglio non scherzare con il fuoco. Suo marito Markus era stato convocato in caserma per testimoniare, e questo le aveva messo addosso un po' di agitazione.

Così si allontanò facendo un ciao con la mano a Felicetta, che tirò un sospiro di sollievo e si sedette sulla panchina davanti al roseto che invece era quasi del tutto secco. In quel momento avrebbe voluto essere nella sua casa di Polignano. Lì il sole sarebbe sicuramente già sorto mentre qui bisognava aspettare che scavalcasse la Plose. A ogni risveglio, il cielo era così bianco che sembrava ci fosse sempre brutto tempo, e lei finché non vedeva i primi raggi apparire sopra la montagna non si tranquillizzava: «In che cazzo di posto siamo capitati» diceva quando le prendeva lo sconforto.

Brinkley le venne incontro precedendo suo marito in tuta e Birkenstock – il maresciallo sarebbe andato in ciabatte anche in caserma – che si sedette accanto a lei. Anche lui la conosceva bene: quando stava sulla panchina a fissare le rose aveva la malinconia. Lo faceva raramente, ma quando capitava, sapeva che quello era il suo modo di scacciare la tristezza: concentrarsi sul roseto. Le posò una mano sulla spalla e lentamente l'avvicinò a sé: «Forse andrebbe potato».

Felicetta ci pensò un attimo.

«Ma non si pota una pianta a settembre, e poi lei vuole morire.»

«Da cosa lo vedi?»

«È stanca. Anche le piante, come le persone, a volte non hanno più voglia di vivere. E a differenza degli animali non possono scappare, devono cercare di affrontare le avversità stando ferme... oggi si direbbe che sono resilienti ma è una parola che mi fa orrore.»

«Sarai anche filosofa, ma io penso che quella fogliolina sia ancora attaccata alla vita, quindi mai perdere la speranza. Visto che hai preso solo un caffè, che ne dici se faccio due uova per noi? Nel Paleolitico le uova c'erano!»

«Va bene, ma a questo punto mettiamoci anche una fettina di pane. Al diavolo la preistoria per stamattina.»

Il maresciallo finalmente riconobbe la donna che amava da tutta la vita e rientrò in casa a preparare la colazione seguito fedelmente da Brinkley. Si mise a cucinare come tutti gli uomini che amano mettersi ai fornelli: con un po' di presunzione.

Felicetta lo raggiunse sollevata e un po' affamata, anche se continuava a pensare al destino beffardo di Gabriel. Suo marito invece era concentratissimo sulle uova: per lui cuocerle al tegamino era comunque un'impresa, soprattutto davanti agli occhi giudicanti di sua moglie, fai così fai cosà. Indossò un grembiule per fare un po' di scena, mise a scaldare "l'olio di giù" e poi ci ruppe le uova, che cercò di non bruciare. I pochi momenti in cui stava ai fornelli lo facevano sentire un po' bambino e un po' Cannavacciuolo. Ma un vero brissinese accompagna le uova con le patate e lo speck, così provò a friggerle in una padella creando un mezzo pastrocchio.

Felicetta non diceva nulla, perché un bravo coniuge a volte deve avere la forza di astenersi. Lo guardava mentre aggiungeva un pizzico di sale come se nulla fosse, poi una fettina di pane tostato prima di porgerglielo su un piatto letteralmente d'argento.

«E che è sto lusso per un uovo e due patate?»

«Solo per dirti che ti amo. E che so benissimo che ti andrebbe un krapfen con la marmellata. Che dici?»

«Sei pazzo? Passi il pane, ma i dolci quando sei a dieta sono Satana. Sono l'arbitro Moreno. Alexis di *Dynasty*.»

«Ho capito, ho capito, scusami.»

«Tu quando vai in caserma?»

«Subito. Mi ha scritto Guglielmotto che sono arrivati i tabulati telefonici e quindi è meglio non perdere tempo già che poi sentiamo gli altri teste.»

«Bravo. Aggiornami se vuoi, io torno a curare le rose.»

Clemente si preparò in fretta e uscì di casa in bici, non senza aver dato prima un bacio a sua moglie.

In ufficio trovò il brigadiere che era arrivato persino prima dei colleghi tirolesi, da bravo sabaudo che non vuole avere debiti, neanche di tempo.

Sul tavolo era pronto l'elenco redatto da Mimmo delle ultime chiamate fatte dal telefono di Gabriel Manero.

«Maresciallo, per quanto riguarda l'altro telefono, quello trovato sul divano, Mimmo dice che ha un sistema di protezione criptato molto più difficile da decifrare, per cui non sa quanto tempo ci vorrà per accedere ai dati.»

«Ho capito. Deve comunque sapere che secondo il medico legale la morte è avvenuta al mattino tra le 10 e le 11. Intanto prendo il mio notes e mi segno tutto.»

Gli appunti a mano erano una sua prerogativa, ed era anche un modo per trovare la concentrazione. Appena fu pronto, il brigadiere cominciò.

«Dopo il concerto, Gabriel ha chiamato una volta Rossella Sartori e subito dopo Ciro l'impresario. Questo di notte. Poi ieri mattina ha chiamato tre volte Bruno il custode, poco dopo ha fatto una chiamata a un numero colombiano, poi un'altra chiamata a Bruno e una a sua sorella Paula... e poi basta.»

«In effetti lui era famoso in Colombia.»

«Sì ma la chiamata è stata senza risposta.»

«Ho capito. Rossella invece è la sua prima fidanzata di quando viveva a Bressanone.»

«Esatto, ed era alla festa, come dicono i verbali.»

«Di lei mi ha parlato anche Lupin il barista, ora sta con Andreas Sinner, il figlio del custode. Vediamo se ci sono altri numeri che in quel lasso di tempo si sono agganciati alla stessa cella telefonica della villa. Invece si sa qualcosa di WhatsApp o messaggi strani?»

«Li hanno scaricati, ma al momento non c'è nulla di sospetto. Gabriel non usava molto la messaggistica, anche se ultimamente faceva girare il video di una sua esibizione a "Vota la voce".»

«Quando arriveranno invece le immagini delle telecamere di sorveglianza?»

«Stanno finendo di esaminarle. Per scrupolo ho chiesto di dare un'occhiata anche al giorno prima e a breve ci mandano un report delle auto che sono transitate davanti alla villa al mattino e che potrebbero avere a che fare con Gabriel. Così vediamo chi è entrato regolarmente dal cancello principale e quanto tempo si è fermato. Ovvio che se qualcuno è passato dal retro, il che è meno probabile, non è stato inquadrato.»

«È meno probabile ma quella casa è sotto gli occhi di tutti, quindi sicuramente molti sanno che si può arrivare anche dal retro. Dalle chiamate in entrata, invece, risulta qualcosa?»

«Sono soprattutto di Bruno e dell'impresario, in particolare il giorno prima. Poi ce n'è un'altra senza risposta da un ufficio di Milano che risulta far capo a un'agenzia di spettacolo, e a questo proposito, facendo un controllo della posta elettronica, è emersa una e-mail che Gabriel avrebbe inoltrato al suo impresario Ciro Esposito e subito dopo cancellato nel cestino.»

«E cosa diceva questa mail?»

«Era l'ufficializzazione del passaggio di Gabriel a un nuovo manager, ed è strano che lui abbia inoltrato un documento tanto riservato all'uomo che probabilmente voleva silurare...»

«Forse per sbaglio... o dici che l'impresario si è inoltrato quella mail dal telefono di Gabriel?»

«Può essere. Era senza codice quindi di facile accesso.»

«Be', questa è una cosa non da poco. Abbiamo invece notizie dalle analisi sul cuscino della stube?»

«Sì, ma non buone. I tecnici di Bolzano hanno perso la provetta e quindi bisogna ripetere l'esame... sperando che ci sia materiale sufficiente.»

«Io non ci posso credere. Fanno tutti gli austriaci e poi perdono le provette... se fosse capitato a noi sai quante ce ne dicevano.»

«Siamo umani, maresciallo, non serve incazzarsi. Vedrà che l'esito è solo rimandato. Io, nel frattempo, farei fare una verifica anche sul conto bancario di Gabriel.»

«Proceda, proceda, a questo punto più strade battiamo e meglio è. I testimoni sono arrivati?»

«Sì, sono già nella saletta. Abbiamo anche l'ok del magistrato per l'intercettazione ambientale.»

«Lasciamoli lì con le cimici accese, magari dicono qualcosa di interessante.»

Guglielmotto sparì perché aveva "un sacco di cose da fare", tra cui trovare un ristorante che proponesse gli agnolotti per farli assaggiare alla Calabrese, possibilmente lontano da occhi indiscreti.

Il maresciallo rilesse l'elenco delle chiamate sillabando impercettibilmente i nomi per memorizzarli. Si affacciò fuori e per qualche istante si mise a osservare l'elefante dipinto sulla facciata dell'hotel di fronte alla caserma. A pochi passi, un piccolo viavai di giornalisti e telecamere, perché ormai quello di Gabriel Manero era diventato un caso mediatico nazionale.

Chiuse la finestra e fece entrare la prima teste.

13

Rossella Sartori entrò nella stanza lasciandosi alle spalle una scia di Chanel N°5. Era una cinquantottenne dai capelli ondulati fino alle spalle, gli occhi segnati dal tempo e un vitino da vespa da cui partiva un'ampia gonna a balze che la rendeva incredibilmente simile alla protagonista di *Via col vento*, con cui condivideva il nome e la propensione a incaponirsi in amore: se Vivien Leigh era fissata con Leslie Howard – Ashley! – Rossella Sartori aveva voluto a tutti i costi Gabriel Manero, che per lei sarebbe stato per sempre Gabriele Pesciola.

«Signora Sartori, lei come ha conosciuto Gabriel?»

«Io e Gabry eravamo ragazzi e qui in paese ci conoscevamo tutti, ci frequentavamo in compagnia... e poi avevamo famiglie simili: due madri sudtirolesi che avevano sposato due italiani contro il volere dei loro genitori, che poi non gli hanno parlato per anni.»

«Ma perché dite sempre sudtirolesi? Non basta dire tirolesi?»

«Eh no, caro maresciallo, qui siamo sudtirolesi. Mi pare di capire che lei è pugliese, e ne conosco un po' da queste parti. Dite sempre che siete pugliesi, non che siete meridionali... anche perché poi ci sono i calabresi, i siciliani, i lucani...»

«E i campani!»

«Vabbè, ha capito. E non si dimentichi i sardi.»

«Sì, sì, in effetti bisogna essere precisi. Comunque mi diceva?»

«Le dicevo che io e Gabry ci siamo ritrovati anche per le nostre origini simili. Motorini, bici, ci si divertiva con poco. Soprattutto con poco alcol.»

«Perché adesso invece?»

«I giovani di oggi sono molto più insicuri di come eravamo noi. Io sono maestra di asilo qui al Millecolori: i bambini sono viziati e pretendono da subito, e i genitori gli danno pure ragione... Forse avevamo meno aspettative o ci lanciavamo di più nelle cose, anche se io sono riuscita a complicarmi la vita lo stesso. Proprio per via di Gabry.»

«Ha qualche foto dell'epoca?»

«Qui no, e credo neanche a casa, perché a un certo punto ho bruciato tutto... le foto, le lettere... quelle cose che fai da giovane se sei dell'Ariete.»

«Perché com'è l'Ariete?»

«Impulsivo, passionale e testardo. Si arrende solo per sfinimento.»

«Siete stati insieme molto tempo?»

«Due anni, che per come viveva Gabry valevano venti... io ho assistito proprio all'esplosione del suo successo, l'ho anche accompagnato a Milano i primi tempi... ma poi dovevo studiare e soprattutto lui aveva la testa da un'altra parte. Comunque voleva che vivessi alla villa con lui, quindi per qualche mese mi ci sono trasferita, ma ero sempre sola. Non riuscivo neanche a concentrarmi sui libri perché al minimo rumore pensavo che ci fossero i ladri...»

«E allora perché adesso vuole acquistarla?»

«Lei come lo sa?»

«Le domande le faccio io.»

«Ha ragione, mi scusi. In effetti volevo fare una proposta perché la villa è oggettivamente bellissima, è sempre vuota, quasi in stato di abbandono... lui l'aveva acquistata a un prezzo irrisorio perché la madre di Markus Gasser gliel'aveva quasi regalata, me lo ricordo bene. Ho provato ad accennarlo a Gabriel l'altra sera ma ha cambiato discorso e si è messo a cantare.»

«La madre di Markus secondo lei era innamorata di lui?»

«Non lo so, può essere, ma non era sicuramente il tipo di donna che potesse piacergli: era una signora!»

«Perché lei l'aveva lasciato all'epoca?»

«Lui stava di base a Milano ma era sempre in giro. E da quello che ho saputo poteva scegliere tutte le ragazze che voleva, sembrava assatanato.»

«Cosa le piaceva di lui?»

«Io avevo il mito del ragazzo moro e sexy, e lui ci sapeva fare. E poi all'inizio mi diceva che voleva mettere su famiglia e a me questa cosa affascinava. E mi piaceva l'idea di parlare italiano. In casa mia madre conosceva solo il tedesco... lo sente che anche la mia pronuncia non è perfetta.»

«Invece si percepisce solo un po' di accento.»

«Grazie mille, maresciallo, è un bellissimo complimento. Comunque, il mio desiderio era quello di crescere insieme, già sognavo di sposarmi... forse ero anche un po' scema. Perché ero fidanzata con Gabry, ma l'ho dovuto condividere con un sacco di altre ragazze... donne, fan, si immagini negli anni Ottanta che delirio. Così, quando ho scoperto che mi tradiva regolarmente gli ho rotto un po' di piatti in casa.»

«È vero che aspettava un figlio da lui?»

Rossella sgranò gli occhi esterrefatta.

«È una voce falsa circolata all'epoca. Mi sono fidanzata con il primo che passava e ci ho fatto una figlia, che ora è già grande.»

«Dopo quanto tempo è rimasta incinta?»

«Praticamente subito: ero giovane, fertile e inesperta.»

«E sua figlia dove vive ora?»

«A Merano.»

«Ci era più tornata nella villa?»

Rossella cambiò impercettibilmente espressione.

«No... perché?»

«Perché prima, mentre era in sala d'attesa, ha bisbigliato al suo compagno che forse ha fatto una cazzata a tornare e lui l'ha guardata un po' stupito. L'abbiamo registrata. A cosa si riferiva?»

«Intendevo che forse non dovevo andare al concerto di Gabriel e tanto meno accettare il suo invito alla festa a casa sua.»

«Non capisco per quale motivo sarebbe stata una cazzata.»

«Non mi ha fatto bene psicologicamente. Poi lui non era interessato alla vendita della casa e alla fine era diventato un po' molesto, così ho chiesto ad Andreas di venirmi a prendere.»

«Se non sbaglio lui è più giovane di lei, no?»

«Sì, ha quarantacinque anni, io cinquantotto. Ma se per Andreas non è un problema perché dovrebbe esserlo per me?»

«No, no... infatti lo dicevo per curiosità. Il suo compagno sapeva che aveva avuto una relazione con Gabriel?»

«Sì, ma sono passati secoli. E poi dei due quella più gelosa sono io... Ho detto ad Andreas che sarebbe stato bello se fosse venuto anche lui... ma giustamente non voleva essere coinvolto, dato che il padre nella villa ci lavora.»

«Gabriel come si è comportato con lui?»

«Come i bambini quando non vogliono che la festa finisca. L'ha obbligato a entrare in casa e gli ha preparato personalmente un gin tonic, poi si è messo a raccontare dei suoi anni d'oro... era un fiume in piena. Ma appena è stato possibile ce ne siamo andati.»

«Lei prima di Andreas ha avuto altre relazioni?»

«Come le dicevo, dopo Gabriel mi sono sposata con il primo che passava, ho fatto l'opposto di mia madre... ma siamo separati da tanti anni.»

«Ieri mattina dove si trovava?»

Rossella guardò il maresciallo un po' perplessa.

«Ero all'asilo a sbrigare delle pratiche, ne ho approfittato già che non c'era nessuno.»

«Il suo asilo dov'è esattamente?»

«È attaccato al ponte Widmann.»

«E nessuno l'ha vista?»

«Non credo, perché ho le chiavi e volevo lavorare tranquilla.»

«E Andreas l'ha sentito?»

«Sì, era a casa che doveva finire delle sedie da consegnare... fa il falegname.»

Clemente faceva finta di nulla ma memorizzava tutto.

«Gabriel che impressione le ha fatto?»

«La verità? Un po' strana... all'inizio ero scioccata soprattutto perché ho visto quanti chili ha messo su, poi però mi sono abituata... magari anche lui ha pensato lo stesso di me... ma sono stata felice di rivederlo. Pazienza se non mi ha dato retta per la casa, non era il momento giusto. Comunque, meglio non pensarci... anche se a fine serata Gabry era un po' troppo euforico e faceva il piacione con me.»

«Tipo?»

«Mi diceva che ero ancora bella, che poi è vero.»

Il maresciallo annuì, ammirato da tanta autostima.

«... e poi mi diceva che aveva sbagliato tutto e voleva che mi fermassi a dormire da lui, ma ieri ho finalmente capito che lo avevo semplicemente idealizzato, come si fa con il primo amore.»

Il maresciallo digitava sul pc cercando di capirci qualcosa.

«Tornando alla serata, che cosa pensa delle altre persone che abbiamo convocato qui con lei?»

«Be', c'era Markus, il marito dell'animalista... che è un personaggio: belloccio, ambizioso, tutto vestito country... jeans stretti e camperos... quanto se la crede... mentre so che sua moglie è una mezza esaltata ma è talmente piena di soldi che forse lui ci sta un po' per quello, altrimenti non me lo spiego. Forse voleva compensare i disastri della madre! L'altra sera, comunque, Magda l'ha lasciata a casa.»

«Be', anche lei ha lasciato a casa Andreas...»

«Sì, ma le ho spiegato perché, o vuole che glielo ripeta?»

«Non si innervosisca, la prego. Mi dica degli altri...»

«Markus non so cosa ci facesse lì dato che Gabriel neanche lo conosceva. Forse voleva vedere la villa della sua famiglia...

ma ho avuto la sensazione che facesse un po' il filo a quella della birreria.»

«Barbara Kessler? Ma lei era con il suo chirurgo plastico.»

«Sì, ma ha visto lui com'è conciato in viso? Boh, non so alla gente cosa passa per il cervello. Come fai a farti rifare i connotati da uno che si è ridotto così?»

«Visto che è così brava a osservare, mi racconti bene la serata a casa di Gabriel.»

Rossella distese le gambe cercando una chaise-longue che non c'era, e iniziò: «È stato molto strano tornare in quella casa dopo così tanto tempo. All'inizio siamo rimasti tutti nel salone a bere e mangiare speck e salatini... poi Gabry ci ha voluto portare nella stube per farci vedere tutti i dischi d'oro... ha acceso un vecchio giradischi che funzionava ancora e ha messo su il suo primo trentatré giri... che si chiamava solo *Corazón*. L'unico che abbia avuto davvero successo. E noi ci siamo accomodati e lo abbiamo ascoltato di nuovo».

«Si ricorda come eravate seduti?»

«Sul divano c'erano la Kessler con il chirurgo, poi questo Markus e il manager, mi pare si chiami Ciro, che stava sempre attaccato a Gabry, che invece cambiava sempre posto. Sulle sedie c'eravamo io e la sorella Paula, mentre Bruno faceva un po' da cameriere.»

«L'atmosfera quindi era rilassata?»

«Sì, molto... Gabry impartiva ordini e Bruno eseguiva ma non è proprio il suo lavoro, così l'ho aiutato io. A un certo punto siamo tornati tutti nel salone perché Gabry voleva cantare e aveva bisogno di spazio, io ho aiutato l'hausmeister a spostare qualche cosa di sopra... bicchieri... bottiglie... e così abbiamo cambiato stanza.»

«L'haus che?»

«L'hausmeister. Mi scusi, vuol dire "custode" in tedesco.»

«Cioè Bruno Sinner. Quanto tempo sarete stati giù nella stube?»

«Una mezz'ora... e dopo forse un'altra ora di sopra, a cantare e a battere le mani... eravamo tutti contenti e ignari di ciò che sarebbe successo. Ma come le dicevo, a un certo punto ho chiamato Andreas per chiedergli di venirmi a prendere.»

«È sicura di non essersi fermata a dormire lì?»

«Ma per chi mi ha preso?»

«È una domanda.»

«No, sono uscita con Andreas che mi ha accompagnato a casa a piedi, siamo stati un po' insieme e poi è tornato a casa sua. Non sempre dormiamo nello stesso letto.»

«Poi non ha più sentito Gabriel?»

«Credo che mi abbia chiamata appena sono uscita. L'ho visto solo dopo e non l'ho richiamato.»

«A noi risulta che lei a questa telefonata abbia risposto.»

«Non è possibile, me lo sarei ricordato. Forse l'ho fatto involontariamente tenendo il telefono in tasca.»

«Nella stanza degli ospiti abbiamo trovato dei capelli... che assomigliano ai suoi. Per caso è salita in camera durante la serata?»

«È impossibile. Al piano di sopra non ci vado da quarant'anni.»

«E agli altri piani sì?»

«No, anche di sotto.»

«Lei aveva le chiavi di questa casa quando abitava qui?»

«Certamente, le ho ancora dentro un cassetto ma non le ho mai usate.»

Il maresciallo fissò negli occhi quella donna ancora bellissima e alla fine fu lui a dover abbassare lo sguardo.

14

Andreas Sinner assomigliava a suo padre nel fisico asciutto, mentre aveva qualche lentiggine sul viso che lo faceva sembrare più giovane dei suoi quarantacinque anni. Gli erano sempre piaciute le donne mature e, dopo che sua moglie lo aveva lasciato, aveva pensato bene di mettersi con Rossella, che a sua volta sembrava più giovane della sua età.

«Credo che lei sappia perché l'abbiamo chiamata.»

«Immagino. La morte di Gabriel ci ha sconvolti tutti, soprattutto mio padre che lo frequentava da anni.»

«Lei non lo conosceva?»

«L'avrò visto da piccolo, ma non mi ricordo niente, e poi lo seguivo in tv quando appariva in quel reality...»

«Che effetto le faceva in video?»

«Be', ero orgoglioso di vedere un brissinese in tv. Mi domandavo sempre come mai non riuscisse più a tirare fuori altre canzoni... è stato un po' un peccato.»

«Lei che lavoro fa?»

«Faccio sedie per le stube, non so se ha presente. Quelle di legno con il cuore in mezzo... Lavoro nel garage della nostra casa per conto di un falegname più grande che si fida di me.»

«E le piace?»

«Sì, anche se vorrei essere pagato un po' meglio per potermi comprare una casa. Ormai i prezzi qui sono altissimi e vivere con mio padre a quest'età mi pesa... ma è una situazione temporanea.»

«Lei era sposato, giusto?»

«Sì. Mia moglie, che era la segretaria di un commercialista, alla fine si è messa con lui... un po' come fece mia madre con il datore di lavoro di mio padre. In paese ci chiamano i cornuti, ma ci sta. In effetti quello siamo.»

Al maresciallo venne da sorridere.

«Su, non si butti giù. Mi spieghi come mai la sua compagna le ha chiesto di andare a prenderla alla festa prima del previsto.»

«Credo che non fosse troppo a suo agio con Gabriel alla fine, ma io l'ho solo dedotto... se stai insieme a una persona certe cose le senti... e si capiva che lei non aveva voglia di parlarne.»

«Che impressione ha avuto entrando in casa?»

«C'era un bel clima, anche se non erano in tanti, con Gabriel che voleva fare festa a tutti i costi. Per questo ho deciso di accettare un gin tonic che, devo dire, non era niente male.»

«È andato alla villa in macchina?»

«No, la mia auto in questi giorni ha qualche problema, sono andato a piedi. Poi io e Rossella abbiamo fatto una passeggiata fino a casa sua, le ho dato un bacio e sono rientrato.»

«Mi racconti meglio perché vive con suo padre.»

«Sono tornato da lui dopo la separazione. Stiamo in via del Canneto, proprio dove c'è lo stadio. Se ci affacciamo alla finestra vediamo le partite.»

«Squadra?»

«Io seguo solo la pallamano e Sinner.»

«Lo conosce?»

«No, no. Però, una volta ho prenotato in un ristorante e pensavano che fossi suo zio... così mi hanno fatto lo sconto.»

«Come in Puglia, allora. E lei non ha pensato di vivere con Rossella?»

«Per ora non voglio correre troppo, poi magari mi trasferirò da lei. Senta, a proposito della serata, c'è una cosa che ho notato e che forse le può essere utile.»

«Mi dica.»

«Dopo aver riaccompagnato Rossella, tornando verso casa ho visto un uomo fermo davanti al cancello della villa che guardava... come se volesse entrare, ma non mi sono avvicinato.»

«Lo saprebbe riconoscere?»

«Sono abbastanza sicuro che fosse quel signore che ha il negozio di antichità tirolesi, era alla festa anche lui.»

«Ma chi, Markus Gasser?»

«Esatto, credo si chiami così. Quello con il ciuffone e con la moglie che parla solo del cane.»

Il maresciallo si illuminò. I primi nodi stavano iniziando a sciogliersi.

«Ha notato altre cose che l'hanno colpita?»

«No, perché io sono stato poco alla festa... ma sembrava una serata tranquilla.»

«Va bene, allora per ora possiamo salutarci qui, ma si tenga a disposizione.»

Andreas Sinner non aveva fatto in tempo a firmare il verbale che il brigadiere Guglielmotto era entrato nell'ufficio del maresciallo con l'esito delle immagini delle telecamere. I fotogrammi della prima erano un po' più nitidi, ma stavano lavorando anche sulla seconda. Visti gli ultimi aggiornamenti, la ricerca si era concentrata in particolare sulle auto e sulle persone che erano transitate tra le 9 e le 11 del mattino.

«Abbiamo qualche cosa di interessante, brigadiere?»

«Yes. Sono emersi due dati: la macchina di Bruno Sinner è comparsa alle 10.10 nella prima telecamera e alle 10.15 nella seconda, che ha anche intercettato Ciro Esposito a piedi alle 10.45.»

«Lui però ha dichiarato che alla villa si è avvicinato solo verso le 11.40. Dobbiamo risentirlo anche per quella storia della mail che si è presumibilmente inoltrato dal telefono di Gabriel. Intanto cerca di stampare le immagini che ci interessano e fai entrare la signora Pesciola.»

Il maresciallo passò in un attimo dai denti bianchi di Guglielmotto al viso serio della sorella di Gabriel, che sembrava una lontana parente di Jennifer Aniston un po' più rugosa e un po' più incazzata: capelli lisci, riga in mezzo drittissima, occhi chiari, l'aria di chi non sorride spesso.

«Sono il maresciallo Clemente, lei è la signora Paula Pesciola?»

«Certo, sono io. E la prego, non rida per il mio nome e cognome. Ci siamo incrociati al concerto di mio fratello.»

«Eh già... che brutta storia, immagino sia un giorno molto doloroso per lei.»

«Sì, terribile e non mi sembra vero, anche se non ho molto da dire perché io e Gabriel praticamente non ci parlavamo da dieci anni... mi aveva telefonato incazzatissimo solo qualche giorno fa.»

«E perché?»

«Il mio ex marito, da cui mi sono separata da poco, l'ha contattato per comunicargli che mi ero fatta intestare la casa di nostro padre prima della sua morte... e che avevo preso tutti i suoi risparmi per comprare il vecchio maso e il pezzo di vigna a Novacella.»

«Ed è vero?»

«Be' sì, ma mio padre voleva che andasse così.»

«E perché il suo ex marito ha deciso di raccontarlo solo ora a Gabriel?»

«Lo sa come sanno essere alcune persone quando vengono lasciate. Ma io non ero più innamorata, e lui per vendicarsi ha pensato bene di dirgli queste cose prima che ci ritrovassimo. Ho cercato di chiarirmi con Gabriel, anche se sa... tutto via social... però alla fine mi aveva invitato lo stesso al concerto e poi a casa sua dopo.»

«Lei usa i social?»

«Purtroppo sì. Ormai anche per far conoscere il vino c'è bisogno del web. Ti danno i punteggi, fanno le recensioni, e così mi sono scritta anche con lui.»

«E lei che vino produce?»

«Il miglior Kerner della zona.»

«E lo beve anche?»

«Certo, mi ci ubriaco spesso.»

«Chissà che mal di testa.»

«No, zero. Noi usiamo pochissimi solfiti, è un vino perfetto per le sbronze, ce lo dicono tutti, dovrebbe provarlo.»

«Quanto viene una bottiglia?»

«Dieci euro.»

«Ma Lupin del bar mi ha detto che a lui lo fa a otto.»

«Mamma mia che lingua ha quello! Comunque se vuole faccio otto anche a lei.»

«La mia era solo curiosità. Piuttosto, ha voglia di raccontarmi la vostra storia?»

«Da dove vuole che inizi?»

«Dai suoi genitori.»

«Dai miei?»

«Esatto, sua madre, suo padre... che tipi erano?»

Paula sorrise stranita.

«Ma dove siamo, a "Domenica In"?»

«È davanti a un maresciallo dei carabinieri.»

«Lo so, lo so, ora le rispondo. Mia madre era la classica donna innamorata dell'uomo che non deve chiedere mai... soprattutto di lavorare, anche se poi deve aver azzeccato qualche investimento, non lo so... ma a un certo punto gli sono arrivati un bel po' di soldi. Non si è mai capito che cosa facesse, ma era sempre in mezzo ai traffici, diciamo così. Però alla fine, quando ha iniziato a invecchiare e si è ammalato, è diventato molto più umano e anche generoso... e ha voluto intestare tutto a me, del resto sono l'unica che gli è rimasta vicino.»

«Da che notaio siete andati?»

«Dal notaio Gruber di Bolzano.»

«Lo conosce da tanto tempo?»

«Sì, certo, e da lì è diventato anche un mio cliente.»

«E suo fratello come ha reagito sulla questione dell'eredità?»

«Non se n'è mai interessato. Ci ha pensato poi il mio ex dopo dieci anni a mettere zizzania tra di noi, come le ho raccontato.»

«Quindi lei e suo fratello eravate un po' tesi l'altra sera?»

«Il giusto. Era da talmente tanto che non ci vedevamo che non sapevamo neanche come comportarci, ma alla fine ci siamo abbracciati e abbiamo cantato insieme. Io sono fiera di lui, del suo ritorno e anche del suo successo. Anzi, come si dice sempre nei reality: sono fiera del suo percorso!»

«È vero. Ormai se non fai un "percorso" non sei nessuno.»

«Invece a me piacciono le persone che non arrivano mai a niente, sono le mie preferite. Questo mito tutto americano che devi imparare per forza qualcosa mi fa saltare i nervi.»

«Ora non ci pensi, però. Che tipo era Gabriel prima di diventare famoso?»

«Passava ore davanti allo specchio a cantare con il phon in mano. Poi ha avuto la fortuna di incontrare due ragazzi con cui ha formato un trio: erano inseparabili fino a che lui ha avuto successo.»

«Si ricorda come si chiamava il gruppo?»

«Mi pare i Salomon, come la marca da sci. Aspetti, oggi ho trovato una loro foto che stavo riguardando proprio poco prima di venire qui.»

Paula sembrava essersi rilassata, iniziò a frugare nel suo zainetto di cuoio e tirò fuori un vecchio ritaglio di giornale. C'erano due ragazzi e una ragazza con la chitarra che il maresciallo fissò attentamente perché aveva delle treccine che gli erano familiari. Era proprio la donna che aveva notato durante il concerto di Gabriel. Aveva gli stessi capelli e anche lo sguardo gli pareva simile.

«Come si chiama questa ragazza?»

«Karin, ma non ricordo il cognome. Lui invece è Benno e oggi fa il carrozziere qui a Brixen vicino alla vecchia fabbrica Durst, non lontano dalla villa di mio fratello.»

«Ma c'era anche lui al concerto, l'ho visto!»

«Non ne ho idea, so che all'epoca avevano litigato. Gabriel si era montato la testa... E purtroppo ha fatto una brutta fine. Avete capito chi gli ha sparato?»

«Lei come fa a sapere che gli hanno sparato?»

«Lo hanno detto a "Mattino Cinque".»

Clemente fissò lo sguardo di Paula completamente privo di espressione, come se i suoi sentimenti fossero anestetizzati.

«Vedrà che riusciremo a trovare il responsabile. Intanto le chiedo se mi può lasciare questa foto.»

«Certo, ci mancherebbe.»

Paula cercava di capire cosa passasse nella testa del maresciallo, ma lui fu abile nel cambiare discorso.

«Lei conosceva l'impresario di suo fratello?»

«Chi, Ciro Esposito? No, non ci ho mai avuto a che fare, ma mi sembra un bravo manager: l'ha fatto campare per anni con tre canzoni, non è da tutti.»

«E il custode?»

«Bruno Sinner non lo conosco, cioè so chi è, in paese si dice che è un po' cornuto e già per questo mi è simpatico. Ma per il resto non ho mai avuto a che fare con lui. Trattava solo con mio fratello.»

«Degli altri presenti in casa cosa ricorda?»

«All'inizio erano un po' straniti, ma poi mi sembravano contenti di esserci e non mi sono neanche annoiata troppo, ho pure cantato.»

«Quando è stata l'ultima volta che ha sentito suo fratello?»

«Ieri mattina, mi ha chiamato dicendomi che aveva urgenza di vedermi, e io gli ho detto che lo avrei richiamato perché ero incasinata.»

«Cosa aveva da fare?»

«Avevo un problema con una botte, ma quando l'ho richiamato non mi ha più risposto.»

«Le è parso preoccupato per qualcosa?»

«Non lo so, aveva un tono abbastanza imperativo... o forse aveva solo fretta di parlarmi, chissà.»

«Lei sembra molto tranquilla, eppure le è appena morto il fratello.»

«Non lo è stato per quasi tutta la vita e non poteva certo diventarlo in una sera solo perché molti lo hanno applaudito.»

15

Jeans attillati, camperos ai piedi, un dolcevita nero che lasciava intuire il fisico scolpito e un grande ciuffo: così appariva Markus Gasser, visibilmente incredulo per essere stato convocato davanti al maresciallo Clemente.

«Mi devo preoccupare? Perché io sono abituato a vederla in tuta con il suo bellissimo labrador... e trovarmi ora con lei in divisa dall'altra parte della scrivania mi mette un po' di soggezione.»

Il maresciallo cercò di mostrarsi imperturbabile, ma si stava già innervosendo.

«Chi non ha fatto niente di male non si deve mai preoccupare, anzi può dare una mano a scoprire... la verità.»

Clemente fece una pausa che agitò ulteriormente questo ultraquarantenne che per lui era, innanzitutto, un vicino di casa un po' altezzoso.

«Mi dica come fa a mantenere questo ciuffo sempre bello dritto.»

Markus non vedeva l'ora di rispondere.

«Io uso solo la spuma di L'Oréal, poi il phon e una piccola spruzzata di lacca, e senta qua che resistenza. Questi capelli me li invidiano fino al Brennero.»

«Vedo che dietro c'è dell'impegno. Ora mi racconti un po'

com'è finito al concerto di Gabriel Manero e soprattutto nella sua villa dopo.»

«Dunque, al concerto ci ha invitato Babsi, che è una buona cliente del mio negozio a Stufles...»

«Quale Babsi?»

«Mi scusi: Barbara Kessler, la proprietaria della birreria. Babsi è il diminutivo in tedesco.»

«Quindi la conosce bene?»

Markus impallidì.

«Perché dice così?»

«Be', la chiama Babsi... una cliente...»

«Ma è mia cliente da tanto tempo e alla fine siamo diventati quasi amici e ci diamo del tu.»

Il maresciallo iniziò a grattarsi il mento.

«La vedo un po' nervoso, Markus.»

«Non sono abituato a parlare con lei in una situazione come questa... un po' formale.»

«Formale mica tanto. Le ho appena chiesto che cosa usa per tenere su il ciuffo.»

«Lo so, ma lei parla solo con mia moglie Magda, che poi in realtà si chiama Magdalena, ma lei preferisce Magda perché pensa che sia più semplice per relazionarsi con gli animali.»

«Questa mi mancava. Certo è una donna un po' particolare.»

Markus si lasciò finalmente andare a un sospiro.

«Non è particolare, è pesante. Io non so voi come facciate a sopportarla e a non mandarla ogni tanto a quel paese.»

Il maresciallo quasi trasecolò.

«Ma scusi... sta parlando di sua moglie?»

«Be', è oggettivamente una donna impegnativa. Pensi che spende tre euro per comprare l'acqua al gatto. E ora ha iniziato a darla anche al coniglio.»

«Scusi, ma perché l'ha sposata allora?»

«L'amore è anche sopportazione, abbiamo trovato un equilibrio.»

«Condivide almeno lo stesso amore per gli animali?»

«Vuole la verità? Non tanto. È esagerata, sembra che al mondo esistano solo problemi legati a quello. Pensi che quando ero più giovane andavo a caccia ed ero anche abbastanza bravo, ho fatto pure diversi safari in Tanzania... safari veri. Poi ho conosciuto lei e ho rinunciato a questa passione. Diciamo che l'ho conquistata con quel gesto.»

«Mi scusi, ma con tutte le donne che ci sono al mondo perché voleva proprio Magda?»

Markus ci pensò su un attimo non sapendo bene cosa dire.

«È una donna affascinante.»

Il maresciallo si diede un pizzico sulla gamba per non scoppiare a ridere.

«È anche molto ricca, vero?»

«Sì, ma perché me lo chiede?»

«Pura curiosità, visto che la signora non lavora. Lei ha mai avuto qualche relazione extraconiugale?»

Il ciuffone di Markus sembrò smosciarsi all'istante.

«Ma cosa c'entra questo con la morte di Gabriel Manero?»

«Tutto c'entra. A casa del cantante pare che lei flirtasse con Barbara Kessler, è possibile?»

«Non è vero. Era più lei che flirtava con me.»

«Guardi che se viene fuori che ci ha mentito rischia di avere qualche problema, lo sa?»

Markus iniziò a sudare.

«Maresciallo, io le dico questa cosa ma davvero spero che rimanga qui tra noi perché altrimenti potrei avere dei problemi.»

«Lei sta già avendo dei problemi perché mi sta facendo perdere tempo. Mi dica esattamente la verità sulla sua situazione sentimentale.»

«Dunque, è capitato che io e Barbara Kessler ci siamo visti qualche volta di nascosto.»

«Eravate amanti quindi?»

«Non proprio, ma abbiamo saputo divertirci... che poi è il

passatempo preferito nei posti dove non succede mai niente: qui di giorno sono tutti casa e chiesa, ma di notte sono casa e albergo.»

«Come vi siete conosciuti?»

«All'Acquarena di Brixen.»

«In piscina?»

«No, nel bagno turco... nudi. E ci siamo piaciuti subito. Lei ha proprio le forme che piacciono a me...»

«Signor Gasser la prego, non serve scendere nei dettagli. Continui.»

«Va bene. Qualche giorno dopo lei è venuta in negozio a comprare qualcosa per il compagno ma si capiva che era venuta per me. Poi ci siamo scambiati il numero di telefono... le solite cose.»

«E dove vi incontravate?»

Markus ci pensò un attimo, mentre il maresciallo non gli toglieva gli occhi di dosso.

«O fuori dal paese, in posti un po' sperduti, o in uno di quelli che si affittano a poco... ma ci pensava sempre Barbara, era lei che organizzava. Siamo un po' "nomadi d'amore", come cantava Eros Ramazzotti.»

Markus provò a sdrammatizzare, ma il maresciallo era in modalità bacchettona.

«Lasci perdere le canzoni. Quindi lei è andato a casa di Gabriel l'altra sera solo perché gliel'ha chiesto la Kessler?»

«Sì. Ci teneva che ci fossi anch'io... anche se vedere il suo compagno mi ha creato un grande imbarazzo.»

«E sua moglie non l'ha accompagnata per stare con il cane, giusto?»

«Esatto. È stata una delle rare volte in cui ha preso la dog sitter, ma non era tranquilla... però in fondo era contenta di essere venuta al concerto: da quando ha saputo che ci andavate voi è entrata in competizione... credo che vi abbia sentito parlare in giardino. Per questo l'ho accontentata.»

Il maresciallo pensò che alla fine erano le stesse dinamiche della sua Polignano.

«È possibile che lei, dopo la festa, sia tornato nei pressi della villa?»

Markus tentennò prima di rispondere.

«Sì, è vero. Ero arrivato davanti al cancello di casa, c'era già Donald ad aspettarmi, e mi sono accorto che non avevo più le mie chiavi. Mi sono messo a cercarle e mi è venuto in mente che potevano essermi cadute quando ero seduto nel salone... quando ho quei pantaloni le perdo sempre. Così ho pensato che fosse meglio recuperarle subito e sono rientrato alla villa a piedi.»

«E poi?»

«Una volta lì mi sono reso conto che era davvero tardi e non ho avuto il coraggio di disturbare. Sono tornato indietro e ho svegliato mia moglie... poi il giorno dopo ho saputo la notizia e ho lasciato perdere le chiavi.»

«Invece dove si trovava ieri mattina?»

«Sono stato in negozio.»

«Sempre?»

«In realtà ho aperto un po' più tardi, sono andato a fare una corsetta per tenermi in forma e smaltire tutto il gin tonic che Gabriel ci aveva fatto bere.»

«Verso che ora è andato a correre?»

«Credo verso le dieci.»

«Aveva con sé il telefono?»

«No, l'ho lasciato a casa.»

«È vero che Gabriel Manero aveva comprato la Villa delle ombre da sua madre?»

Markus si fece di colpo cupo.

«Purtroppo sì, ma ero molto piccolo perciò non so bene come siano andate le cose, e in tutti questi anni ho cercato di non pensarci, anche perché mia madre non c'è più. Certo, lei gliel'aveva quasi regalata all'epoca e non voglio saperne le ragioni, ma alla fine a rimetterci sono stato io.»

«Chi pensa che possa aver ammazzato Gabriel Manero?»
«Non lo so, ma nessuna delle persone presenti a casa sua.»
«Perché dice questo?»
«Perché erano persone che non avrebbero mai preso una pistola in mano, glielo posso garantire.»
«E come fa a saperlo?»
«Sono stato un cacciatore. Conosco bene la faccia di chi sa prendere un'arma in mano e non ha paura di usarla.»

16

In Italia basta morire e i social network diventano un cimitero di cordoglio in cui tutti condividono la foto del defunto con una frase di rammarico seguita da un #rip – riposa in pace – e dall'emoticon delle mani giunte o del cuore spezzato. Questo pensava il maresciallo Clemente mentre dava un'occhiata alla sua vecchia pagina Facebook. Anche "Polignanesi forever" aveva dedicato un post alla figura di Gabriel. Si affacciò al bovindo della sua caserma e vide di nuovo l'assedio di cronisti e curiosi a caccia, oltre che del colpevole, del pettegolezzo sul cantante. Le reti televisive si erano rese conto della sua esistenza, di cui non si erano occupate per anni, a parte i pochi programmi di revival. E ora che si era diffusa l'indiscrezione sulla sua imminente partecipazione all'"Isola dei Famosi", la notizia non solo aveva colto tutti di sorpresa, ma aveva anche scatenato una sorta di senso di colpa collettivo, un po' come con Toto Cutugno.

Molti artisti – vecchi compagni di classifica – esprimevano pubblicamente il loro dolore e tutti avevano un ricordo di un momento di vita legato al collega scomparso.

Per i funerali si aspettava l'esito degli esami tossicologici ma si parlava già di cremazione, con tanto di ceneri sparse nel centro di Medellin e videomessaggio di Maluma. Per i carabinieri però la vera seccatura erano "Le Iene", sbarcate in Alto Adige e pronte a condurre un'indagine parallela. Quando Clemente iniziava a vedere cronisti e telecamere si mimetizzava letteralmente tra la gente del posto e provava ad accelerare con la sua mountain bike con cui ormai si muoveva quasi fosse un autoctono.

Il brigadiere non gli lasciò neanche il tempo di aprire bocca e lo spiazzò con una duplice notizia: «Markus Gasser risulta possessore di una calibro 22 regolarmente registrata e di cui non ci ha detto nulla».

«Hai capito il cowboy, zitto zitto.»

«Poi ho scoperto che Ciro Esposito il giorno stesso del concerto ha spostato trentamila euro dal conto corrente di Gabriel sul suo personale.»

«Ma come ha fatto? Ha falsificato la firma?»

«No, aveva una delega e libertà di movimento sul suo conto.»

«Quindi l'ha fatto dopo l'appuntamento con il notaio... e probabilmente dopo quella mail del cambio di agenzia. Dobbiamo risentire sia lui sia Markus Gasser, ma prima andiamo a Bolzano per vedere quel benedetto documento. È finalmente arrivato l'ok del magistrato per cui tra dieci minuti partiamo... dai, Giuseppe, che stai diventando il migliore.»

Il brigadiere non si scompose. Il suo motto era "Esageruma nen": mai esagerare, neanche con i complimenti.

Uscì dal retro della caserma sotto gli occhi dolci della Calabrese, che lo guardava sognando di portarlo un giorno a Tropea. Lui, invece, aveva appena prenotato un tavolo al Mangebìn, dove facevano i migliori agnolotti al sugo d'arrosto fuori dal Piemonte.

Vedendo i giornalisti assiepati fuori, fece loro una domanda con aria un po' distratta: «Sapete se hanno scoperto qualcosa?».

E uno prontamente gli rispose: «Stiamo aspettando perché pare che abbiano fermato qualcuno».

Il brigadiere si allontanò alla svelta pensando che ci vuole davvero un attimo per inquinare la verità che già si nasconde di suo, e salì di corsa sull'auto del maresciallo, pronto a sgommare verso Bolzano.

Clemente amava andare in quella città perché era la sua gita fuori porta per evadere dalla realtà di paese, un po' come quando si spostava da Polignano a Bari. La distanza poi era la stessa, una mezz'oretta, ma quello che in realtà accomunava il tragitto era lo spirito con cui lui, eterno uomo di provincia, si accostava alla città, con quel pizzico di stupore.

In questo, avere al fianco un tipo come il brigadiere Guglielmotto, che veniva da Alba, era quanto di meglio gli potesse capitare. L'unica cosa che non sopportava era la sua necessità tutta piemontese di dividere sempre i conti al centesimo, più per non avere pendenze che per tirchieria, e appena gli offrivi qualcosa doveva subito sdebitarsi, anche solo un caffè, oppure diceva: "ti faccio un Satispay" e il maresciallo non capiva a cosa si riferisse. E quando insisteva per fargli bere ancora una birra, lui prontamente ribatteva: «A posto così».

«Avete proprio una brutta mentalità» gli ripeteva spesso Clemente, e Giuseppe rispondeva: «Non mi pare brutto non avere debiti.»

Agli occhi del maresciallo, Bolzano aveva il fascino della città mitteleuropea, così lontana dal Sud ma anche dall'Italia, e così esotica. Amava le insegne delle strade in tedesco, le vecchie pasticcerie, le pagnotte gialle in vetrina, e la perfezione austroungarica dei suoi edifici che sembravano disegnati dalla squadra di un geometra. Ogni volta che faceva una tappa in città, veniva spennato per mangiare un wurstel per strada, che chiedeva sempre "bello abbondante", ed era convinto ingenuamente che glielo facessero più grande del solito.

Il notaio Gruber aveva lo studio a due passi dalla piazza dei mercatini di Natale, in un palazzo di fine Ottocento in cui nessun dettaglio era affidato al caso. Il brigadiere osservava ammirato ogni particolare esclamando «parlapà!» mentre il maresciallo lo guardava incuriosito. Ogni tanto quel ragazzo gli sembrava, se non ingenuo, un po' infantile.

All'ingresso, la segretaria restò letteralmente imbambolata alla visione di Guglielmotto. Gli osservava rapita i denti bianchissimi e non riusciva quasi a parlare, perdendo lucidità.

«Oh mio Dio, i carabinieri. È successo qualcosa?»

«No, signora, ma dovremmo parlare con il notaio.»

«In questo momento è occupato.»

La donna era in un tale stato di estasi che non sapeva bene cosa stesse dicendo, mentre il maresciallo la riportò rapidamente alla realtà.

«Non ho capito cosa mi ha detto.»

Clemente usò un tono tanto perentorio che lei divenne di colpo serissima, alzò il telefono, interruppe la riunione e disse loro di seguirla. Cercava di non camminare troppo in fretta e si voltava in continuazione per poter guardare meglio quel brigadiere che l'aveva completamente stesa. Li fece accomodare e ne approfittò per sfiorargli la mano mentre diceva una cosa al notaio: «L'ha cercata la signora Pesciola e ha chiesto di richiamarla».

Il maresciallo drizzò le antenne ma cercò di non farsi notare, mentre Guglielmotto lo guardava con i suoi occhi vispi, anche se la presenza suadente della segretaria lo aveva fatto distrarre.

Clemente sentiva che aveva poco tempo anche per i preamboli, perciò arrivò subito al dunque.

«La signora Pesciola di cui parlava la sua segretaria è Paula, giusto?»

«Esattamente, la vignaiola. Il suo Kerner è il migliore della zona e almeno una volta al mese vado a fare rifornimento da lei.»

«Quando c'è andato l'ultima volta?»

«Due giorni fa.»

«E perché la signora l'avrebbe richiamata?»

Il notaio colse un'insidia nella domanda ma non parve preoccuparsene.

«Per la fattura del vino, credo. Vuole che la risenta?»

«No, per ora basta che mi risponda.»

«In genere mi manda la fattura dopo che ho ritirato il vino.»

Il maresciallo aveva qualche dubbio ma anche una priorità, così mostrò l'autorizzazione del pubblico ministero ad aprire prima del tempo il testamento di Gabriele Pesciola, per tutti Gabriel Manero.

Il notaio non batté ciglio. Era un bolzanino doc, cognome altisonante, mani molto grandi e la riga dei capelli ben segnata da un lato che lo faceva assomigliare a una persona di un'altra epoca. Lesse l'autorizzazione con una sorta di distacco che lasciò il maresciallo piuttosto incuriosito. Poi aprì la cassaforte e tirò fuori il documento che il suo cliente aveva firmato e consegnato solo pochi giorni prima.

«Vuole leggerlo lei o leggo io?»

«Legga lei che è del mestiere, poi gli diamo un'occhiata noi.»

«Va bene, allora procedo: "Io sottoscritto, Gabriele Pesciola (Gabriel Manero) non voglio avere debiti con il mio passato e designo erede unica del mio patrimonio la signora Karin Loefer".»

«E basta?»

«Sì, tutto qui. Ricordo che per il cognome ha consultato il suo telefono, come per essere sicuro che fosse quello giusto. Poi ci sono la data, i timbri e le firme.»

«Non ha scritto le motivazioni, qualche parola in più?»

«Il mio cliente aveva fretta e non ha detto molto. Ha aggiunto solo qualcosa del tipo: "almeno lasciamo un buon ricordo".»

«Aveva scoperto di avere qualcosa di grave?»

«Non ne ho idea.»

«Ma non le è venuta la curiosità?»

«Noi notai ascoltiamo, non ci poniamo domande. Il mio ruolo è scrivere e registrare cosa uno desidera. Non possiamo farci coinvolgere, siamo un po' come i medici: dobbiamo essere corretti e poi emettere fattura.»

«Ecco, per curiosità... quanto costa fare testamento?»

Guglielmotto se n'era uscito con una domanda così inopportuna che né il maresciallo, né il notaio ebbero la forza di reagire.

«Dipende: può andare dai mille ai cinquemila euro. Le interessa?»

«No, no per carità, porta male... tanto io lascerò poco.»

Clemente intanto rileggeva con attenzione quel testo scarno e non si lasciò intimidire dall'atteggiamento del notaio, che aspettava solo di poter riprendere la riunione interrotta.

«Mi scusi, ma vorrei farle qualche altra domanda.»

«Mi dica, comandante.»

«Veramente sono maresciallo. Comunque... mi spieghi come fa a conoscere la sorella di Gabriel.»

«Perché la sua famiglia si è sempre rivolta a me, come quando il padre ha intestato la casa alla figlia come nuda proprietà, così alla morte non ci sono state questioni. E anche quando lei ha acquistato il maso all'asta è venuta da me, ed è da lì che ho iniziato a comprare il suo vino.»

«E lei, subito dopo che il fratello è venuto qui a fare testamento è andato a trovarla, giusto?»

«Non vedo che problemi ci possano essere. Sono andato ad acquistare del vino, come faccio di solito... lo può vedere dalle fatture che mi emette regolarmente.»

«E non le ha detto di aver visto Gabriel?»

«No, perché è vietato.»

Il maresciallo non era troppo convinto.

«Non le credo.»

«Invece deve. Glielo giuro sui miei figli.»

«Ma anche qua giurate sui figli?»

«Be', siamo sempre in Italia.»

«Si ricorda almeno se quando è venuto da lei il signor Manero era nervoso, avete parlato...»

«Io conoscevo il signor Manero perché quando aveva bisogno veniva da me. Sa che questi dello spettacolo sono tutti scaramantici. Una volta, tanti anni fa, aveva un appuntamento nel mio studio e chiese che nessuno fosse vestito di verde o di viola, mi dica lei se è una cosa normale. Anche quando ha comprato la Villa delle ombre l'atto lo ha fatto qui facendo le stesse storie.»

«Ma gliel'aveva venduta la signora Gasser?»

«Venduta è un parolone. Comunque sì.»

«Era innamorata di lui secondo lei?»

«Non era importante per me. Sicuramente lui era uno che ci sapeva fare e alla fine si è preso quella villa a un prezzo irrisorio... ero giovane ma me lo ricordo ancora.»

«Lei sa perché si chiama Villa delle ombre?»

«L'affittano alle coppie clandestine, a Bolzano questo si sa... c'è un'entrata discreta sul retro, nessuno ti vede, è perfetta.»

«Lei come ne è a conoscenza?»

Il signor Gruber restò interdetto e ci mise un attimo a riprendersi.

«Mah, sono cose che si sentono in giro. Io comunque sono felicemente sposato e sono anche nonno.»

«Certo, immagino. Quindi il signor Manero l'ha chiamata all'ultimo minuto o aveva appuntamento da tempo?»

«Dovrei chiedere alla mia segretaria, ma ricordo che ci ha comunicato che aveva questa urgenza mentre veniva qui. Ha detto solo che voleva essere tranquillo. Non so a cosa si riferisse, ma le posso dire questo: chi fa testamento in genere è molto arrabbiato, molto ricco o molto malato, quindi cerchi di capire lei qual è il suo caso, perché io posso solo leggerle cosa c'è scritto... e ovviamente, finché non sarò autorizzato, il contenuto dell'atto resterà un segreto tra me e lei, non c'è bisogno che mi dica tutta la storia, siamo notai da generazioni.»

Clemente non ebbe il tempo di ribattere, si fece consegnare una copia del documento e uscì seguito a un passo da Guglielmotto, che salutò la segretaria dicendo «cerèa, neh», un po' per scherzare, mentre lei era già pronta a lasciare tutto, fare le valigie e partire intonando *Piemontesina bella*. Cominciò lasciandogli un biglietto.

Guglielmotto lo mise in tasca lanciandole un'occhiata che la tramortì, ma il maresciallo lo trascinò per la giacca come con i ragazzini che vogliono ancora fare un giro sulle giostre.

Appena gli fu possibile, il brigadiere lo lesse. C'era scritto solo: "Se vuoi..." seguito dal numero di cellulare. Clemente evitò di commentare ciò che non gli era affatto sfuggito, mentre si rese conto che era da un po' che non aveva tra le mani il suo telefono, dimenticato nello zaino forse con il desiderio inconscio di non farsi rintracciare.

Trovò numerose chiamate di Agata, che gli aveva lasciato pure una nota vocale.

"Ma come, sono arrivata a Bressanone e tu vai in giro senza di me?"

Lui tirò un lungo sospiro e disse solo: «È arrivata, mamma mè».

17

Appena aveva rimesso piede a Bressanone, Agata De Razza era tornata indietro a un po' di anni prima, quando era una carabiniera in carriera e il suo problema principale era riuscire a controllare i capelli ricci. Quel posto era stato una valle di lacrime sia al suo arrivo, sia alla sua partenza. Ci aveva vissuto anni difficili e importanti, in cui aveva maturato la sua esperienza nella squadra omicidi di Bolzano, ma il suo cuore era rimasto a Bressanone, che a volte chiamava Brixen. Il suo punto preferito era il santuario della Madonna della Sabbia e il piccolo borgo intorno, da cui poteva vedere il paese dall'alto. Le sembrava che avesse la forma di un occhio a mandorla e che la guardasse ogni volta da lontano. Per lei che aveva sempre viaggiato poco, le terre di confine erano un luogo da esplorare. E poi lì si era innamorata di Günther, un agente immobiliare appassionato di montagna e di tennis con cui aveva preso qualche lezione di dritto, e tra una volée e l'altra era scattato prima un bacio e poi una relazione. Clandestina, purtroppo, perché lui all'epoca era impegnato.

Agata aveva trovato un volo low cost all'alba per Verona, e poi era salita su un treno diretto a Monaco di Baviera che l'aveva lasciata direttamente lì. Per la logistica aveva preferito mettersi d'accordo con Felicetta: si era presa una settimana di vacanza dalla caserma di Polignano per dare una mano al vecchio Clemente, della cui fedeltà non aveva mai dubitato quando era scoppiato il casino con la moglie del sindaco. E comunque lei per il maresciallo ci sarebbe sempre stata a prescindere, perché gli voleva un bene quasi ancestrale, al punto da perdonargli la "polignanesità" che spesso si scontrava con la sua discendenza salentina DOC.

Agata si ritrovò a camminare per le strade accarezzate dal vento che arrivava dal lago di Garda, che a volte sapeva essere così mite da rendere dolce l'autunno. I tetti a punta erano una sua fissazione, e riuscivano sempre a incantarla. Il tempo le sembrava essere volato troppo in fretta.

Riconobbe i vecchi negozi, sempre curati e un po' algidi, che vedeva mentre trascinava il trolley rumoreggiante fra i turisti, rendendo meno poetico il suo arrivo. Si fermò davanti al palazzo vescovile per controllare se nel fossato c'era ancora il cigno nascosto che appariva solo se gli piaceva il modo in cui lo chiamavi. E così, appena messo piede in paese, Agata iniziò a fischiare nell'inutile speranza che il cigno le desse il benvenuto.

Quando giunse sul ponte Aquila, anche lei, come il maresciallo, si fermò a guardare l'Isarco. Era un angolo amato da entrambi e non lo sapevano. Osservò il salice piangente che la rapiva ogni volta con il suo intrico di rami che arrivavano a sfiorare l'acqua. Sulla panchina davanti a quell'albero aveva dato il suo primo bacio rubato a Günther, e chissà, forse era per quello che aveva deciso di tornare. Il vento le mosse i ricci, e dato che non era lì a fare la turista si diede un'aggiustata alla chioma e raggiunse la casetta azzurra in cima alla salita di via della Frana. Le sembrò di fare un viaggio nel tempo.

«Ma che meraviglia di cane» ebbe la fortuna di dire indicando Donald alla vicina di casa di Clemente, che di colpo si sciolse in un brodo di giuggiole e fu ben felice di confermarle che «il maresciallo e la sua signora abitano qui di fianco a me».

Felicetta l'accolse con un abbraccio e una tisana drenante ai semi di finocchio, che secondo lei esistevano anche nel Pleistocene: «perché i liquidi è un attimo e li accumuli».

«Felicetta, ma da cosa nasce questa tua deriva salutista?»

«Ho scoperto la dieta paleolitica, che in realtà è più una filosofia di vita, poi te la spiego. Sai che le diete seguono le mode: prima la dieta dissociata, poi quella a zona, poi la Dukan e ora è il momento della chetogenica... anzi, no: ora è il momento del digiuno intermittente! Ma io, che devo sempre fare le cose a modo mio, mi sono data alla paleolitica: solo a colazione però.»

«Addirittura sei andata a scomodare le ere geologiche.»

«Sarà l'Alto Adige, bella mia, ma qui ti viene subito da rigare dritto, anche se ogni tanto si ammazzano pure, come hai visto. E appena siamo arrivati, Gino è stato ripreso dall'ufficiale medico perché era sovrappeso e lo ha messo subito a dieta, pensa che umiliazione. E poi ti devo dire la verità: con la menopausa il mio corpo è sempre più a pera, e quindi bisogna drenare e correre. Posso dirlo? Che palle.»

Agata scoppiò a ridere.

«Ma tu non hai bisogno di drenare niente, Felicetta. Sei bella perché sei vera. Come sta il nostro maresciallo? So che è in emergenza.»

«Eh, sì... aveva appena iniziato ad ambientarsi in questa nuova vita, ed è successo il patatrac. Poi Gabriel era l'autore della nostra canzone del cuore, *Todo corazón*.»

«La conosco benissimo. A tutti i matrimoni in Puglia, quando c'è il momento anni Ottanta, la mettono sempre.»

Sicuramente Gabriel avrebbe apprezzato quella precisazione. Agata si guardava intorno estasiata da quella casa così romantica, con una parete esterna ricoperta d'edera, ma così diversa da quella in cui li aveva visti a Polignano, anche se c'era una cosa che le accomunava: il rumore dell'acqua in sottofondo.

E anche se mai nulla avrebbe potuto sostituire il mare, l'Isarco sotto casa aveva il potere terapeutico e consolatorio – soprattutto in alcuni giorni – di scandire il tempo e far pensare che "tutto passa". Agata aveva lo sguardo fisso su quel paesaggio che non era cambiato granché, e si emozionò quando tra i tetti scorse le due torrette del duomo. Ma Felicetta, più che la bellezza austera di Bressanone, voleva mostrarle il suo giardino pieno di piante rare e rampicanti, il balcone dedicato alla lavanda e infine il suo cruccio: il roseto sfiorito. Alla brigadiera però nulla poteva sfuggire.

«Felicetta, come fai ad avere una stella alpina in casa? Spero non sia selvatica...»

«No, non credo.»

«No o non credo?»

«No.»

Felicetta sarebbe stata disposta a tutto pur di non rinunciare al suo fiore proibito. Agata non sembrava convinta, ma cercò di non mostrarlo.

«Tuo marito sa che la tieni qui?»

«Sì, certo.»

«Cosa dovrei sapere?»

Clemente comparve in quel momento e Felicetta fu così veloce nel fulminare Agata con lo sguardo che lei disse solo: «Niente, una cosa di donne...».

Il maresciallo era lì, con l'aria un po' trafelata, il sorriso tirato ma gli occhi illuminati dalla sorpresa.

«Mè, ma è proprio vero che sei venuta.»

«Madò. Ti lascio con la panza e ti ritrovo bello in forma. Ti fa bene quest'aria!»

«Può essere... e poi la montagna è un po' come il mare: la devi amare a prescindere, e solo allora sarà generosa con te. E tu, sei contenta di essere di nuovo qui?»

«Molto. Avevo voglia di rivedere questo posto dove sono stata felice, e ci terrei a darti una mano.»

Gino voleva evitare di emozionarsi, era un sentimentale, così fece finta di tossire e si allontanò di qualche passo.

Felicetta ne approfittò per invitare tutti e due a entrare in cucina, ma solo per allontanarli dalla sua stella proibita. Li fece accomodare e riapparve magicamente con un vassoio pieno di strudel comprati durante la Festa del pane e pagati «come i gamberi viola di Gallipoli», disse testualmente, prima di aggiungere: «Io non posso mangiare niente ma a te ti vedo un po' sciupata, Agata!».

La brigadiera sorrise, e lo strudel tolse immediatamente il maresciallo dall'imbarazzo. Non poteva credere che sua moglie avesse tirato fuori addirittura il dolce: il potere degli ospiti.

Rimasti soli, Agata e Clemente ritrovarono le stesse posizioni di quando lavoravano insieme a Polignano. Lui a dondolare sulla sedia con i piedi sul tavolo, lei a scrivere sul suo quaderno come se fossero gli appunti di una storia, anche se aveva la tentazione di mandare un messaggio a Günther per dirgli che era arrivata. Entrambi avevano qualche briciola intorno alla bocca che li rendeva simili a due ragazzini. Non c'era tempo per i convenevoli, perché sapevano che insieme avrebbero avuto più chance di risolvere il caso velocemente.

«Aggiornami sulla situazione.»

«È un bel casino, amica mia, ma abbiamo un po' di elementi da collegare. Dunque, Gabriel ha fatto questo concerto l'altro ieri sera e sono venuti molti di quelli che lo conoscevano e alcuni vecchi amici... non si esibiva qui da quarant'anni ma non ci tornava da dieci, come sai. C'era un sacco di gente, ha cantato tre canzoni e poi ha deciso di invitare alcune persone nella sua villa, di cui si prende cura un custode. Ieri doveva fare un'altra serata a Bolzano, la mattina telefona un po' di volte al custode – quindi è vivo – e verso mezzogiorno viene trovato senza vita sulle scale che portano alla stube nel seminterrato. Gli hanno sparato. Ora sappiamo che il decesso è avvenuto tra le 10 e le 11. In casa abbiamo trovato un pezzo di carta con una scritta, un mazzo di chiavi, il bossolo di una calibro 22, dei capelli e un telefono che non si sa di chi sia. Poi è emerso che il giorno prima del concerto Gabriel ha fatto testamento lasciando tutto a una certa Karin Loefer.»

«L'avete già sentita?»

«Non ancora, la stiamo cercando. Ho appena saputo che ha soggiornato all'hotel Traube proprio la sera del concerto. L'ho vista per un attimo e mi aveva colpito: sai quelle figlie dei fiori con le treccine e quell'aria senza tempo... Credo che fosse la prima chitarrista di Gabriel, Karin Ansaldi... e probabilmente Loefer è il cognome da sposata. Ha il passaporto austriaco.»

«Ci sta.»

«Per fortuna mi sta aiutando il mio brigadiere, devi assolutamente conoscerlo. Ricorda un po' il nostro Perrucci.»

«Cioè bello bravo e si mette nei casini?»

«Esatto, solo che questo è piemontese e non vuole debiti neanche per un caffè.»

«Siamo a posto allora. Lasciami i verbali, e mentre metabolizzo quello che mi hai detto faccio un salto dalla mia amica Ingrid che mi affitta una stanza.»

«Ma Ingrid quella della salumeria?»

«Non è una salumeria, è il Regno dello speck! Qui è un'istituzione. Ah, dimenticavo. Dalle ultime telefonate di Gabriel siete riusciti a scoprire qualcosa?»

«Sì, tra la sera tardi e la mattina ha chiamato la prima fidanzata presente alla festa... che però ha negato di aver risposto.»

«Quanto è durata la chiamata?»

«Dieci secondi... poi ha telefonato all'impresario, più volte al custode, e l'ultima telefonata l'ha fatta alla sorella, che però l'ha liquidato in fretta, pare. E ha anche chiamato a vuoto un numero della Colombia.»

«Colombia?»

«In effetti lui era appena rientrato dal Sudamerica, dove si è fermato più del previsto. Intanto ho incaricato Mimmo di sbloccare il telefono che abbiamo trovato nella stube e capire quali cellulari si sono agganciati alla stessa cella della villa ieri mattina.»

«Bene. Ma scusa, per Mimmo intendi Mimmo Sparno?»

«Esattamente. Lo conosci?»

Agata allargò le braccia felice.

«Eh, certo, è il numero uno, e so che anche il figlio è un piccolo genio. Intanto sento Ingrid e vedo se ci sono altri che ci possono aiutare. Io conosco gente anche nella comunità sudtirolese, sai che noi salentini siamo capaci di adattarci a tutti gli ambienti.»

«Ti prego non cominciare con "noi salentini".»

«Hai ragione, scusa.»

Riuscirono a fermare la polemica prima di iniziare.

«Va bene, dimmi solo come devo fare per darti una mano, dato che non lo posso fare ufficialmente.»

«Troviamo un modo, perché si può rinunciare a tutto, ma mai a un fuoriclasse. L'importante è scoprire chi ha ucciso il povero Gabriel e perché.»

«Cosa ti fa pensare che sia una vittima?»

«Era un cantante di una canzone sola. Cosa ci può essere di più ingiusto?»

«Non lo so, Gino, ma questa città è strana.»

«Un po' sì, come tutte.»

«Comunque dai, girami subito i documenti e i contatti che hai, e cerco di mettermi all'opera.»

«Ma non sei stanca?»

«Non puoi essere stanco in Alto Adige, come dice sempre la mia amica Ingrid.»

«Ah, certo. E che tipa è?»

«È la più pettegola del paese...»

«Peggio della Labbate?»

«Nessuno è peggio della Labbate, ma insieme a Lupin è la più informata sui fatti.»

«Conosci anche Lupin? Quello di Molfetta?»

«Così mi mortifichi però. Dimentichi che quando vivevo qui ero la star di Brixen.»

Il maresciallo avrebbe voluto dire "touché", se solo avesse conosciuto l'espressione, ma con le lingue straniere aveva qualche difficoltà, a cominciare dal francese.

18

Ingrid era soprannominata "la signora dello speck" perché la sua famiglia aveva da generazioni la più famosa bottega di prodotti tirolesi. Venivano da tutta Italia per fare acquisti da lei, e anche se faceva molte spedizioni a domicilio, i clienti preferivano rifornirsi direttamente in loco soprattutto per scambiare quattro chiacchiere con questa donna d'altri tempi, capelli cortissimi che si divertiva a tingere dalla sua parrucchiera cinese – era il periodo del viola – memoria da elefante, innata propensione per il pettegolezzo e una passione per i ragazzi dai capelli rossi: da Ralph di "Happy Days" a Ed Sheeran, passando naturalmente per Jannik Sinner: si sentiva una "carota girl".

Pur essendosi trasferita a Polignano, Agata aveva continuato a rimanere in contatto con lei, perché quella sua bottega invasa dai salumi, stipata di formaggi, marmellate e prelibatezze irresistibili disseminate in ogni angolo le faceva tornare in mente il suo Salento. Ingrid, poi, l'aveva conquistata introducendola allo speck, facendole scoprire le differenze fra le varie produzioni e spiegandole come riconoscere un prodotto artigianale da uno industriale fatto con gli scarti: il segreto sta nel colore. Più è brillante, più è finto «come una foto di Instagram con il filtro Abu Dhabi», diceva lei testualmente. Ma la vera dote di Ingrid, al pari della qualità dei suoi prodotti, era la conoscenza dei lati nascosti delle persone. Tanto Lupin era informato sui traffici loschi della vita brissinese, quanto Ingrid lo era su intrallazzi, storie d'amore clandestine e segreti di famiglia. Si fidava di Agata, e l'ammirava perché lei non avrebbe mai avuto il coraggio di lasciare la sua terra. Anche per questo le aveva aperto i suoi archivi personali ogni volta che ne aveva avuto bisogno, aiutandola a risolvere le diatribe cittadine. La trovò con qualche ruga in più, qualche ricciolo in meno e due occhi che forse avevano pianto più del necessario.

Quando la vide entrare, le apparve come una Madonna.

«Ecco la mia terrona preferita! Cosa ci fai qui senza nemmeno un vassoio di pasticciotti?»

«Sai che noi salentini amiamo le sorprese, ma stavolta mi devi perdonare: niente pasticciotti.»

«Meno male, perché quelli sono come i krapfen, non ne puoi mai mangiare uno e basta, ne aggiungi sempre un morso, poi ti pare brutto lasciarlo lì e alla fine te ne fai fuori due e diventi una piccola balena istantanea. Hai visto che casino è successo qui a Brixen? Hai sentito alla televisione?»

«E certo che l'ho sentito... la tv ce l'abbiamo anche al Sud.»

«Che poi Gabriel Manero era uno bello strano... e anche se è quasi sparito per quarant'anni, noi ce lo ricordiamo ancora bene.»

«In che senso?»

«Ora non posso parlare, perché qui anche quando sembra che vogliano solo due etti di speck sono sempre tutti con le orecchie dritte.»

«E perché?»

«Be', lo sanno che sono una pettegola, allora vengono e se ne stanno zitti zitti... girellano e ascoltano... ma io mica sono scema!»

«Questo lo so. Cosa vorresti fare?»

«Andiamo al bar Absolut, ci sediamo a un tavolino fuori così non ci sente nessuno. E pazienza se soffrirai un po' il freddo, so che quando vuoi sai tirare fuori la pellaccia dell'austriaca che c'è in te! E poi scommetto che sei qui per aiutare il maresciallo Clemente.»

«Più o meno, come fai a saperlo?»

«Dio provvede, ma Ingrid vede. Appena sei entrata ho capito. Il meridionale aiuta sempre un altro meridionale... invece noi non ci fidiamo quasi di nessuno, non sappiamo chiedere aiuto, e poi finiamo tutti a bere tipo i norvegesi... ma questa è la nostra cultura. La verità è che vorremmo essere un po' come voi.»

«Guarda che anche noi vorremmo essere come voi!»

«Davvero?»

«Be', pensa come vivremmo senza tutte le questioni con i parenti, i favori, le mega buste ai matrimoni e dover sempre offrire qualcosa a qualcuno. Alla fine un po' ci stanca.»

«Se lo dici tu che sei terrunciella ci posso anche credere.»

Ad Agata era mancata la franchezza con cui le aveva sempre parlato Ingrid, una donna senza peli sulla lingua e senza mariti, solo amori sbagliati: quanto era abile negli affari, tanto era un disastro nella vita amorosa.

«Lo sai che a te non posso mentire. Sono venuta a dargli una mano, ma per tutti sono in vacanza... io non posso fare indagini qui, hai capito? Se mi beccano rischio un sacco di guai, mi posso fidare solo di te.»

«Di me ti sei sempre fidata, ma mi sono fidata anch'io. Ti ricordi quando ero l'amante di quel roscio e il mio compagno mi stava scoprendo?»

«Lasciamo perdere, non mi hai mai dato retta. Meno male che poi ti sei stufata e lo hai mandato a stendere. Comunque, visto che devi tornare in bottega, dimmi che cosa sai della vecchia vita di Gabriel, perché ho la sensazione che tutto possa essere legato al suo passato, a quel 1983 in cui è esploso il suo successo, lui ha dato di matto e ha lasciato Bressanone e troppe cose in sospeso.»

«Be', all'epoca si diceva che fosse un po' da bosco e un po' da riviera.»

«In che senso? Era gay?»

«No no, che Dio ce ne scampi e liberi di sti gay, che non se ne può più in televisione e dai parrucchieri. Basta gay! Ma non possono andare a lavorare, che so, alla forestale?»

«Ma che problemi hai se lavorano come parrucchieri?»

«Io non ho nessun problema, ma poi non si lamentino degli stereotipi se alla fine fanno tutti i truccatori, gli stilisti, i parrucchieri e i televisivi... che poi diventano come Malgioglio.»

«Ma io amo Malgioglio! Comunque andiamo avanti, in che senso da bosco e da riviera?»

«Che all'epoca gli piacevano i travestitismi... quelle cose lì che ora vanno tanto di moda.»

Ingrid amava quando Agata la guardava in attesa che dicesse qualcosa e le pendeva dalle labbra. Si passò una mano su quei capelli corti e pericolosamente viola.

«Ma invece cosa sai di questa casa che Gabriel aveva qui... non so, la chiamano la Villa delle ombre.»

Ingrid sgranò gli occhi e titubò, incerta se parlare o no. Agata colse l'esitazione e continuò a fissarla, fino a che, per la prima volta da che la conosceva, sentì la sua vecchia amica usare un tono più pacato, quasi intimidito.

«Dunque, Agata... c'è una cosa che devi sapere. Quella casa viene chiamata così perché il custode, ogni tanto, la affitta a coppie clandestine: è vuota, grande, Gabriel non ci veniva mai... perché non approfittarne?»

Agata ebbe la conferma di ciò che già sapeva senza dire nulla.

«Solo che in qualche modo, per questa operazione... Bruno ha coinvolto anche me.»

«Cooosa???»

«Sì. Le chiavi le venivano a prendere qui in negozio. Nessuno dava mai nell'occhio, dicevano una parola d'ordine e io, oltre ai due etti di affettato consegnavo le chiavi, che a volte restituivano a me, a volte direttamente a Bruno, a volte le lasciavano in casa.»

«Cavolo, questo è un casino. Ma cosa ti è venuto in mente? Rischi dei guai seri.»

«Eh sì, ho fatto una cazzata. Ma quando ho visto che Gabriel tornava per un concerto qui, non ne ho più voluto sapere. Basta. È venuta una persona per consegnarmele e io non le ho prese.»

«E tu la conoscevi?»

«Ovvio. È Barbara Kessler, la proprietaria della birreria... una bionda molto provocante, dovevi vederla con il dirndl!»

«Ma lei quando sarebbe venuta a darti le chiavi?»

«La mattina dopo la festa... ma io non le ho ritirate e le ho detto di mettersi d'accordo direttamente con Bruno.»

«Ti ricordi verso che ora?»

«Secondo me un po' prima delle dieci del mattino, perché era appena arrivato il rappresentante del burro che viene sempre alle nove e mezzo. È inutile che mi guardi così, lo so, ho fatto una cazzata. Ma vuoi sapere la verità? Mi conosci, non l'ho fatto certo per guadagnarci qualcosa, più che altro per la curiosità di vedere queste coppiette... per me era solo un divertimento.»

«Quindi ti ricordi anche di altre coppie?»

«In genere viene solo uno dei due a prendere le chiavi, ma spesso arrivano dai paesi vicini... quindi non sempre so chi sono.»

Ingrid, per una volta nella vita, era decisamente a disagio.

Agata capì che era meglio non insistere, perché aveva già saputo una cosa molto importante. Si fece dare le chiavi della sua stanza – ma evitò di fare battute – la salutò velocemente dicendole di tenersi a disposizione e provò a chiamare Clemente, che come spesso gli capitava era sulla sua mountain bike e non sentiva. Appena avvertì i pantaloni vibrare però accostò nei pressi della vecchia fabbrica Durst.

«Agata, tutto a posto?»

«Sì, ho già una novità... una roba grossa. Ho visto la mia amica Ingrid che ha ammesso di aver avuto un mazzo di chiavi della villa di Gabriel. Era d'accordo con Bruno che affittava una delle camere in nero, come ti aveva detto il notaio. Le aveva consegnate alla Kessler che poi è andata da lei per restituirgliele proprio la mattina del delitto.»

«Mamma mè, questa sì che è una notizia. Il custode deve essere convocato al più presto. Se hai tempo vai in caserma e chiedi del brigadiere Guglielmotto, che sa già tutto di te, gli ho spiegato... Vai e di' che hai un appuntamento, così almeno vi conoscete.»

«Va bene, corro.»

«Sì, ma ti prego non ti innamorare.»

«Guarda che può essere anche Ryan Gosling, ma se ha l'accento piemontese non ce la posso fare.» Il maresciallo sorrise, mentre Agata era già entrata nell'indagine. «E tu dove stai andando?»

«Vado a fare due chiacchiere con un carrozziere che era il batterista di Gabriel nel suo primo gruppo, i Salomon... e poi ci vediamo tutti dopo da qualche parte. Ok?»

«Va bene, avvisa il brigadiere.»

Agata non ebbe neanche il tempo di presentarsi in caserma che fuori ad attenderla, in piazza dell'Elefante, c'era già Guglielmotto con i suoi denti splendenti e una scatola di cioccolatini. Non sapeva neanche lui come gli fosse venuta quell'idea, soprattutto in un momento del genere, ma pensò che sorprendere la brigadiera fosse il modo migliore per evitare che gli rubasse la scena e l'indagine.

«Gino mi aveva detto che eri figo, io aggiungerei che sei anche un bravo ragazzo.»

«No, guarda, se c'è una cosa che patisco sono i complimenti.»

«Allora la smetto.»

«E poi non è vero. Ho appena invitato a cena una che ho conosciuto da poco... ma ho un gancio anche con un'altra che sarebbe meglio non frequentassi.»

«Spero non la stessa sera!»

«No, almeno quello no. È vero che sono un carabiniere, ma *esageruma nen*.»

«E perché ti vai a mettere in queste situazioni?»

«Perché a me eccita il pericolo anche nella vita sentimentale. Se non sono inquieto la storia non mi prende.»

«Be', contento tu.»

Gugliemotto sorrise ma si era già pentito di essere andato un po' oltre il livello di confidenza.

«Grazie. Che ne dici se ci prendiamo un caffè qui sulla terrazza del bar dell'hotel di fronte? Almeno siamo a due passi dalla caserma, i clienti in questa stagione sono quasi tutti tedeschi e possiamo parlare indisturbati.»

«Mi pare un'ottima idea. Vedo che, come in Puglia, anche qui il caffè è sempre un bel modo per affrontare i problemi.»

«Preferisci il tè?»

Ogni tanto il brigadiere prendeva tutto alla lettera.

«No, no, va bene il caffè.»

Dall'altra parte della strada, intanto, davanti a un viavai di biciclette, la comandante Calabrese osservava con occhi attenti con chi stava facendo una pausa il suo amato boy, e in un attimo scoprì la verità ma decise per il momento di non mettersi in mezzo. Soprattutto non poteva concedersi scenate di gelosia.

Nell'attesa dei caffè, che arrivarono accompagnati da biscotti piccolissimi, Agata e Giuseppe imbastirono una conversazione per conoscersi un po' meglio. Per quanto si sforzasse di non pensarci, anche lei era rapita dal sorriso di quel brigadiere: "Meglio di Luca Argentero" pensava, e lui si rese conto che non lo stava ascoltando con attenzione.

«Ho una briciola tra i denti?» le chiese tramortendola, e lei si sentì un po' più scema del solito.

«No, no, tutto a posto, ero un attimo sovrappensiero.»

«Bene» disse Guglielmotto leggendo un messaggio che gli era appena arrivato sul telefono, «perché abbiamo l'esito dell'analisi sui capelli trovati nella camera degli ospiti di Gabriel.»

19

Clemente arrivò alla vecchia Durst passando davanti alla casa di Gabriel, che studiò con la stessa attenzione di Diabolik prima di un colpo. I muri gialli un po' sbiaditi, il tetto spiovente, una torretta, le persiane consumate dal tempo, il giardino trascurato. In effetti, si poteva entrare dal retro senza essere visti, il che permetteva di sfuggire alle telecamere sulla via principale.

Prima di entrare nella carrozzeria notò un vivaio affollato di fiori e colori e fu tentato di fermarsi e prendere una piantina per sua moglie, ma desistette. Aveva con sé, oltre al suo notes, anche la vecchia foto sul ritaglio di giornale che gli aveva lasciato la sorella di Gabriel per cui, più che un maresciallo, sembrava un vigile urbano che ti notifica una multa per eccesso di velocità.

La carrozzeria era diversa da quelle cui era sempre stato abituato, perché aveva un enorme portone d'acciaio che si apriva elettricamente. Si attaccò al campanello e dopo poco apparve un uomo sulla sessantina che non si scompose, anzi gli venne incontro con un'aria molto seria. Aveva i capelli grigiastri raccolti in una coda rada e indossava una tuta usurata sotto cui spuntava una t-shirt con il logo degli AC/DC. Sembrava pronto per un raduno di metallari.

«Buongiorno maresciallo, a cosa devo la sua visita?»

«Salve... ma lei mi conosce?»

«Certo, la vedo sempre scorrazzare in bici, immagino sia qui per l'omicidio di Gabriel.»

«Già, in realtà io sono qui per chiederle delle cose un po' vecchie, nulla di particolare... mi può aiutare solo lei.»

«Il mio passato sarebbe meglio dimenticarlo, ma se vuole sono a disposizione. Le spiace se andiamo nella stanza del computer qui di fianco? Il mio ragazzo sta lavorando...»

«Ah, è fidanzato?»

«No, intendevo il giovane che lavora con me. Perché, ha problemi con gli omosessuali?»

«No, no, anzi.»

«Ah, quindi è gay.»

«No, non sono gay e non ho problemi con i gay.»

Il carrozziere restò perplesso ma fece cenno al "ragazzo" di andare avanti senza di lui.

L'ufficio, di fatto, era una sorta di gabbiotto con l'immancabile calendario di una donna seminuda sui tacchi e un grande distributore dell'acqua. L'uomo non aveva nulla della rockstar, sembrava una persona molto pratica e con poco tempo da perdere.

«Mi dica tutto, maresciallo...»

«Arrivo subito al sodo. Lei si chiama Benno Moser, giusto?»

«Esattamente.»

Il carrozziere non sapeva bene cosa stesse per succedere e Clemente lo intuì. Aprì la cartellina e tirò fuori la foto che gli aveva dato Paula.

«Riconosce queste persone?»

Benno per un attimo addolcì lo sguardo.

«Certo, il mio primo gruppo con Gabriel e Karin. I Salomon!»

«Karin come?»

«Karin Ansaldi, un talento. Credo si sia sposata con un austriaco e si sia trasferita non so dove. Era la nostra chitarrista e, se si può dire, la mente del gruppo. A differenza di Karin, io non valevo niente e lo sapevo, ma ero giovane e mi divertiva l'idea di fare il musicista... mentre lei era un genio e poi sapeva comporre le canzoni. Tant'è che tutte quelle di Gabriel le ha scritte lei.»

«Anche *Todo corazón*?»

«Ovvio. Lo so perché lei l'aveva fatta sentire prima anche a me. Poi Gabriel l'ha cantata e di fatto gliel'ha rubata... perché ufficialmente risulta essere l'unico autore di quel brano e anche degli altri due.»

«E questa Karin non ha mai avuto i diritti di quelle canzoni, quindi...»

«No, neanche un euro. Poi è diventata una mezza hippy e si è data allo yoga... sa quelle che vanno in India, spendono un sacco di soldi per purificarsi nel monastero buddista e quando tornano ti insegnano la vita. Ma questo è quello che ricordo e che nessuno dice, anche perché sono in pochi a saperlo.»

«Sa se è venuta a vedere Gabriel l'altra sera?»

«Certo che c'era. Ci siamo ritrovati in fondo al locale come in chiesa, senza dircelo.»

«Anche lei era presente al concerto, vero?»

«Sì, alla fine ci sono andato. E ho visto che lei, maresciallo, mi ha puntato un paio di volte.»

«Ma non era stato invitato?»

«No, Gabriel non si è mai fatto vivo perché mi conosce e sa che sarei stato duro... ma poi io non sono neanche sui social, perciò magari mi ha pure cercato. Comunque della serata lo sapevo già da Rossella...»

«Rossella Sartori?»

«Esatto. All'epoca praticamente viveva con noi tipo groupie... povera, quante ne ha passate. La chiamavano "Cervo a primavera". Lui l'aveva lasciata sola nella villa e si faceva i fatti suoi in giro. Meno male che le siamo stati vicino.»

«Siete ancora in contatto?»

«Sì, è una mia cliente e credo che adesso vorrebbe addirittura comprare la villa. Certo che le donne sono belle strane.»

«Qui mi pare che siamo tutti strani. E di Karin cosa mi sa dire?»

«Niente. L'ho trovata lì quando sono entrato, ma ci siamo a malapena salutati. Poi lei durante *Todo corazón* se n'è andata facendomi solo un cenno, e dopo poco me ne sono andato anch'io.»

«Non ha provato a raggiungerla?»

«Per dirle cosa? Parlare del Gange e delle vite precedenti? Meglio tenersi i ricordi.»

«E non sa dove abiti, cosa faccia...»

«No.»

«Che sensazione ha provato?»

«Be', che Gabriel resta sempre un gran paraculo ma sul palco ci sa stare... anche se di fatto stava su una pedana.»

«Vero? Anche a me sembrava una pedana.»

Il maresciallo avrebbe voluto che a sentire ci fosse anche sua moglie.

«E poi cosa ha fatto?»

«Ho finito un lavoro in carrozzeria e poi sono andato a dormire. Io sono uno che si dà da fare, maresciallo, non ho tempo da perdere con le starlette al tramonto. E poi la mattina curo anche un orto qui dietro. A proposito, le interessano delle uova fresche?»

Clemente non riuscì a resistere.

«Sto proprio facendo la dieta paleolitica con mia moglie e le uova sono ammesse.»

«Allora poi gliele preparo.»

«La ringrazio. Lei qui non ha una telecamera di sicurezza?»

«No, qui a controllare basto io. E poi non c'è niente da rubare, questo è un paese tranquillo.»

«Lo era.»

«Certo, lo era. Prima che tornasse Gabriel andava tutto bene.»

Andando via con quattro uova fresche in tasca, Clemente pensò che Karin era da rintracciare al più presto. Mandò una nota vocale a Guglielmotto che stava animatamente facendo ipotesi con Agata, mentre la segretaria del notaio gli aveva già inviato l'elenco delle sue intolleranze alimentari.

Prima di raggiungerli gli saltò all'occhio la telecamera privata di una casa che poteva inquadrare anche lo spazio davanti alla carrozzeria. Era abbastanza improbabile che Benno non lo sapesse, ma Clemente preferiva risolvere i problemi da solo, così citofonò, senza sapere che in quella casetta abitava una sudtirolese piuttosto incattivita.

Alle sue richieste rispose con una serie di parole durissime in tedesco di cui capì solo «Nein» e «Polizei». Per cui decise di comunicare a gesti, cioè allargando le braccia per scusarsi e facendole cenno che sarebbe tornato. Non capì bene cosa gli rispose la donna gridando, ma la sensazione fu di "Salutame a soreta".

20

"Cercasi Karin disperatamente" pensava il maresciallo Clemente mentre nel tardo pomeriggio pedalava per raggiungere Agata e Guglielmotto alla terrazza del bar dell'Elefante. E per quanto credesse di essere veloce, c'era sempre qualcuno che lo superava e lui viveva quel momento come una mortificazione. Tra una curva e l'altra gli venne in mente che in questura c'era un tizio di Bari soprannominato "Se me lo dicevi", perché su qualsiasi questione, dall'olio di Corato alle pratiche di sequestro immobili, lui aveva sempre la soluzione giusta. E così lo chiamò per chiedergli di aiutarlo a trovare rapidamente questa Karin Loefer in Austria.

«Uagliò! Hai fatto bene a dirmelo ma sto correndo in palestra... appena finisco chiamo il collega del centro di cooperazione, che già lo stavo sentendo per un'altra cosa, e ti dico.»

«Eh, ma già che rispondi a me non puoi chiamarlo subito?»

«No, perché gli ho detto che avevo una riunione di condominio, invece ho il personal trainer... se me lo dicevi prima... ma domani lo chiamo. Tu scrivimi bene il cognome che con questi tedeschi ci capisco poco.»

Clemente scosse la testa e pensò che sono tutti buoni solo a parlare. Parcheggiò la bici, lasciò le uova nel cestino e raggiunse Agata e Guglielmotto seduti al tavolo, davanti a due krapfen alla marmellata. Lui aveva il pc aperto e le stava rileggendo l'esito dell'analisi dei capelli trovati nella stanza degli ospiti di Gabriel: «Composizione di fibre artificiali».

«Quindi una parrucca.»

«Non me ne intendo ma direi di sì.»

«Guglielmotto, mi avevano detto che eri sveglio!!!»

«Lo so, Agata, in effetti sembro più intelligente...»

Lei sorrise e guardò Clemente che aveva drizzato subito le antenne.

«Mi viene in mente *Pretty Woman*...»

«In che senso, maresciallo?»

«Sai che Julia Roberts all'inizio del film ha una parrucca... quindi potrebbe appartenere a qualcuno che si traveste, anche perché pare che Gabriel abbia sempre amato quel tipo di cose.»

Agata annuiva attenta mentre Guglielmotto, terrorizzato di non sembrare intelligente, se ne stava muto ad ascoltare.

«Gino, mi dicevi anche di aver trovato un pezzetto di carta con una scritta. Mi fai vedere una foto?»

Il maresciallo iniziò a smanettare nel suo archivio fotografico e dopo poco gliela mostrò.

«"Astro"? Tipo AstroSamantha Cristoforetti? Io la trovo insopportabile, sempre con quella spocchia...»

«Ma come, Agata? È un'astronauta famosa.»

«Sì, ma la trattano come se fosse Einstein...»

«Vabbè, di lei parliamo un'altra volta, intanto dobbiamo muoverci a trovare questa Karin, capire chi indossava la parrucca, e scoprire da dove arriva questo pezzo di carta...»

«Girami la foto su WhatsApp, che provo a chiedere a qualche esperto grafico.»

E mentre i due pensavano a come operare su più fronti, Guglielmotto rifletteva che tutti avevano nascosto qualcosa nella loro deposizione: Bruno il custode, che affittava la casa di Gabriel abusivamente; Ciro il manager, che aveva spostato i soldi dal conto dell'artista a uno suo personale; Barbara, che aveva le chiavi della villa per i suoi incontri clandestini e Markus, il vicino di casa del maresciallo, che risultava possessore di una calibro 22 senza averlo dichiarato.

Era arrivato il momento di risentirli tutti, a cominciare da Markus che al momento era irreperibile. Il primo a essere rintracciato fu quindi Bruno Sinner, che dopo neanche mezz'ora si presentò in caserma. Era visibilmente agitato, anche se si sforzava di tenere le mani in tasca pure da seduto.

«Secondo lei perché l'abbiamo chiamata?»

«Non saprei.»

«Lei non sa, ma di quella casa era il custode, giusto?»

«Giusto.»

«Un custode di cui il proprietario si fidava ciecamente, giusto?»

«Giusto.»

«E quindi di quella casa poteva fare quello che le pareva, giusto? Visto che aveva due mazzi di chiavi.»

Bruno cambiò espressione, abbassò lo sguardo e non disse più una parola. In quel momento avrebbe voluto solo una cosa: la sua pipa.

«Vedo che ha capito dove voglio andare a parare...»

«Sì, è vero, maresciallo. Ogni tanto ho affittato una delle camere a qualcuno della zona che si voleva divertire senza essere scoperto.»

«E come faceva per la consegna delle chiavi?»

«Ho chiesto aiuto a Ingrid del Regno dello speck. Le persone andavano da lei, prendevano le chiavi senza dare nell'occhio e gliele riportavano.»

«In cambio di cosa?»

«Praticamente le facevo dei lavoretti a casa se aveva bisogno, qualche consegna...»

«La sera del concerto lei però aveva solo un mazzo di chiavi, vero?»

«Sì. Non me le avevano ancora restituite e volevo recuperarle al più presto anche perché il signor Gabriel aveva deciso all'ultimo di fermarsi. Solo che Ingrid non le ha più volute ritirare e mi sono dovuto incontrare direttamente con la cliente.»

«Chi era la cliente?»

«Non so se posso dirglielo...»

«Se non lo dice si mette nei guai.»

«Barbara Kessler. Me le ha riconsegnate la mattina dopo il concerto.»

«E perché non gliele ha date la sera prima?»

«Le aveva scordate e poi eravamo tutti e due molto impegnati... ma io non pensavo che succedesse tutto questo casino.»

«Dove vi siete visti per la restituzione?»

«Le ho dato appuntamento davanti al vivaio vicino alla villa di Gabriel.»

«A che ora?»

«Più o meno verso le dieci ma non so l'ora esatta. Così ho lasciato le cose che Gabriel mi aveva chiesto davanti a casa sua e sono andato via.»

«Lui però l'ha chiamata quattro volte, cosa voleva ancora?»

«In realtà mi pare tre volte. La prima le sigarette, poi gli strudel, poi mi ha chiesto solo di lasciargli le cose fuori.»

«Le chiamate sono state tre o quattro?»

«Non mi ricordo, so che chiamava di continuo, era un po' stressante.»

«Perché secondo lei non l'ha voluta incontrare?»

«Credo che in casa ci fosse qualcuno. C'era una macchina rossa parcheggiata dietro al cancello.»

«E perché non ce l'ha detto quando l'abbiamo sentita?»

«Io non c'entro niente e non volevo mettermi nei guai.»

«Lei ci si sta mettendo perché non ci dice quello che sa.»

Agata annuiva impercettibilmente, pur sapendo di non poter stare in quella stanza, mentre Bruno non sembrava più avere settant'anni ma sette.

«Ok, allora le dico come sono andate le cose. Per un periodo il signor Gabriel ha smesso di pagarmi, dicendo che aveva qualche problema e che quindi era meno necessaria la mia presenza qui. A me però quei soldi servivano e così un giorno, mentre ero al bar da Lupin a bere un caffè, lui mi ha dato questa idea. Io poi ho deciso di non coinvolgerlo perché non mi fidavo troppo, allora ho chiesto a Ingrid e lei si è resa subito disponibile. Era un lavoretto come un altro.»

«Fatto all'insaputa del proprietario.»

«Che però non mi pagava... si metta nei miei panni.»

«Suo figlio cosa sa di questa storia?»

«Niente. Mi vergognerei a confessargli una cosa del genere... che padre sono? Se potesse evitare di dirglielo gliene sarei grato.»

«Figuriamoci se suo figlio non se n'è accorto, mi sembra uno sveglio. Comunque mi faccia capire i suoi movimenti di quella mattina. Quanto ci avrà messo in tutto?»

«Non so... venti minuti, al massimo mezz'ora.»

Il maresciallo consultò le riprese delle due telecamere. Nella prima la sua auto era registrata alle 10.10, nella seconda alle 10.15. In effetti si era fermato solo cinque minuti e l'orario coincideva.

«Che macchina ha suo figlio?»

«Una Punto.»

«Colore?»

«Blu, perché?»

«Bella blu. Lei ha idea di chi possa aver ucciso il signor Manero?»

«Sinceramente no, anche perché in casa la sera della festa c'era una bella atmosfera... ma poi non lo so e non sono affari miei.»

«Invece temo che siano anche affari suoi. Lei ha commesso un illecito, lo sa?»

«A me basta che non lo sappia Andreas.»

«Per ora non glielo diremo. E se le torna in mente qualcosa noi siamo qui.»

Bruno ebbe un momento di smarrimento, e iniziò a piangere. Il maresciallo non sapeva cosa fare.

«Su, non faccia così, Bruno, un sudtirolese come lei.»

«Anche noi ci emozioniamo, sa? Solo che non lo spiattelliamo in piazza... ce lo teniamo per noi. Ma soffriamo, speriamo, ci vergogniamo e amiamo come tutti.»

Il maresciallo non seppe per una volta cosa rispondere e ordinò un caffè.

Appena il custode fu fuori dalla stanza, Clemente guardò Agata come ai vecchi tempi: «Ho l'impressione che Bruno Sinner c'entri poco con il delitto. Farei controllare dove erano localizzati la mattina dell'omicidio i telefoni di suo figlio Andreas, di Rossella Sartori e di Benno Moser».

21

Ciro Esposito si presentò in caserma con l'aria affranta e frettolosa di chi è sconvolto e non sa bene che pesci pigliare. Avrebbe voluto organizzare un funerale in grande stile per Gabriel ma gli esiti dell'autopsia non erano ancora pronti, perciò bisognava aspettare. Nel frattempo, sperava in uno speciale di "Porta a Porta" che ricordasse degnamente la sua carriera, anche se la cronaca nera aveva fagocitato tutto l'interesse a dispetto del percorso artistico del cantante.

«Caro signor Esposito, siamo di nuovo qui con lei.»

«Già, tra l'altro dovrei tornare a Milano perché ho degli appuntamenti di lavoro.»

«Di cosa si tratta?»

«Vorrei organizzare un festival di vecchie glorie per omaggiare la memoria di Gabriel.»

«E dove vorrebbe farlo?»

«A Bitonto.»

«Ma Bitonto è vicino a Bari.»

«Lo so, ma lì conosco il sindaco e mi è più facile.»

«Mi spieghi prima come mai ha prelevato trentamila euro dal conto del suo assistito il giorno del concerto.»

Ciro sgranò gli occhi, quasi offeso.

«Chiariamo subito una cosa: io non sono un ladro e nemmeno un assassino.»

«Non stiamo dicendo questo, ma vorremmo sapere come mai ha spostato tutti quei soldi sul suo conto personale.»

«Tra Gabriel e me c'era una fiducia totale per cui io avevo la firma sui suoi conti e potevo agire come ritenevo più opportuno, essendo lui un disastro nella gestione dei soldi.»

«Però conviene con me che è un po' strano spostarne così tanti su un conto a cui Gabriel non aveva accesso.»

«Ciò che è strano per lei non lo era per noi. È da quarant'anni che lo seguo in tutto, gestione economica compresa.»

«Continuo a non capire perché lei abbia trasferito i soldi sul suo conto.»

«Glielo ripeto: avevo la sua fiducia e dovevo fare un investimento.»

«Un investimento per se stesso?»

«Io lavoravo per Gabriel e dovevo rispondere solo a lui... l'ho seguito per una vita, e stavo per comprare dei titoli con un buon rendimento.»

«Mi spiega come mai si è informato se alla frontiera con l'Austria ci sono i controlli?»

«A chi lo avrei chiesto?»

«Alla Kessler.»

«Be', lei è davvero una bella donna, elegante... sensuale.»

«Ho capito, ma gliel'ha chiesto o no?»

«Non ricordo, comunque è strano che parli proprio lei, che voleva pagare il cachet in contanti.»

«Cioè?»

«Per uno sconto era disposta a pagare cash, come al mercato. E diciamo che chi come noi riceve liquidi può capitare che viaggi con un po' di soldi... magari oltre quelli consentiti.»

«Quindi lei continua a evadere il fisco?»

«Lei no?»

«Certo che no, e cerchi di non fare lo spiritoso.»

«A volte è inevitabile. Poi spesso i commercianti sono talmente pieni di contanti che non sanno cosa farsene...»

«... e allora lei cerca di portarli da qualche parte.»

«Questo lo dice lei, io semmai avevo fatto quella domanda per pura curiosità.»

«Ci risulta anche che Gabriel volesse cambiare manager, è vero?»

«Lo diceva tante volte ma poi non lo faceva mai. Il contratto per l'"Isola dei Famosi" gliel'avevo procurato io.»

«A quanto pare invece lo ha fatto, e lei ha letto una mail indirizzata al suo assistito con la lettera di conferma della nuova agenzia.»

L'impresario trasalì e il maresciallo decise di bluffare.

«Poi ha inoltrato la mail sulla sua posta elettronica.»

Ciro Esposito si mostrò impassibile.

«Non so di cosa stia parlando.»

«Lei dov'era la mattina in cui Gabriel è stato ucciso?»

«Ho fatto una passeggiata in paese ma sono quasi sempre rimasto in hotel. In giro ci sono troppe bici per i miei gusti.»

«Io vado in bici.»

«No, ma infatti fa bene, solo che io non ci sono abituato.»

«Ha soggiornato all'hotel Traube, vero?»

«Sì, può chiedere a chi vuole.»

«Ricorda se ha incontrato in hotel una signora di una certa età con le treccine da hippy?»

«No, mai vista. Me ne sono stato quasi sempre in camera.»

«E non è mai andato alla villa di Gabriel?»

«Solo quando non mi ha risposto al telefono, verso le dodici meno venti, quando aspettavo Bruno.»

Il maresciallo rilesse il suo foglio di appunti: Ciro era stato inquadrato dalla telecamera alle 10.45.

«È sicuro che non fosse prima?»

«Sicurissimo.»

«Bruno è arrivato in macchina?»

«No, è venuto a piedi.»

«Da che lato è arrivato, lo ricorda?»

«Certo, dall'altra parte del ponte Widmann. Ha attraversato la strada proprio davanti al cancello, lo ricordo bene.»

Il maresciallo capì perché Bruno non era stato ripreso: arrivava dal lato opposto e aveva attraversato praticamente tra le due telecamere.

«Quindi lei mi conferma che non è andato a trovare Gabriel prima di quell'ora.»

«Glielo ripeto: no... anche perché quella mattina c'era già qualcuno.»

«Cioè???»

Agata alzò la testa dal computer e l'impresario finalmente si accorse della sua presenza.

«Dovete sapere che Gabriel ha sempre amato le trasgressioni, soprattutto dopo le sue esibizioni, quando l'adrenalina è dura da smaltire. Essendo lui un personaggio famoso, ero io a fargli da tramite... per cui avevo già contattato questa Corinna, così si fa chiamare su OnlyFans, che fa prestazioni a pagamento.»

«Ci mancava OnlyFans. Il sito dove stanno tutte con le tette di fuori, giusto?»

«Diciamo che è il nuovo carnaio del web. Gente che per lo più guarda anziché fare... un po' "vorrei ma non posso", ma Gabriel è vecchia scuola e lui invece voleva e faceva. Conoscendo il mio pollo sapevo che se la serata saliva di ritmo gli potevano venire le voglie e così l'avevo già preparata. E lui in effetti era proprio euforico.»

«Ma Gabriel non l'aveva vista questa tipa?»

«No, voleva la sorpresa, ma ormai conoscevo i suoi gusti... gli piacciono tutte un po' volgari. E così ho ingaggiato questo personaggio con cui ho parlato al telefono e gli ho spiegato la situazione. Lui ha capito subito e mi ha detto che non c'erano problemi perché il giorno dopo non lavorava e quindi lo potevo chiamare a qualsiasi ora, e così è stato. Gli ho anche spiegato come entrare dal retro per non essere notato... mi ha detto che aveva una macchina rossa.»

"E quindi i capelli della parrucca trovati nella stanza degli ospiti erano suoi" pensò il maresciallo tra sé.

«Crede che questa Corinna poi abbia dormito lì?»

«Potrebbe essere, ma non penso, perché Gabriel russa come un rinoceronte.»

«E quindi?»

«Quindi di sicuro se si è fermata ha dormito in un'altra stanza.»

«Scusi, e lei sapeva tutte queste cose e non ci ha detto nulla?»

«Il mio assistito era appena mancato e tutto volevo fuorché uscisse uno scandalo.»

«Adesso ci lasciamo sfuggire un potenziale assassino per un problema d'immagine.»

Ciro Esposito aveva smesso di sudare e sembrava più sollevato.

«Posso andare ora?»

«Non ci ha ancora detto come voleva investire quei trentamila euro.»

«Glielo ripeto, volevo comprare dei titoli. Dovevo parlarne con il mio consulente bancario ma poi è successa questa disgrazia e quindi ora vedrò. Dovrò provvedere anche alla cerimonia funebre...»

Il maresciallo decise di non insistere, doveva contattare al più presto questa Corinna. Ciro Esposito guardò sul suo cellulare, mostrò un paio di foto di una specie di Priscilla la Regina del deserto in versione mora, e poi gli diede il numero di telefono di "Corinna Trav".

22

Markus Gasser entrò nella stanza sempre vestito da cowboy, ma con una faccia più seria e un ciuffo meno sparato. Non aveva l'aria esuberante dell'ultima volta, perché quella scrivania che lo separava dal commissario lo mise subito al suo posto. Clemente lo fece accomodare con estrema gentilezza e – anzi – gli offrì un caffè, che lui chiese d'orzo in tazza grande.

«Come sta?»

«Ero tranquillo, avevo staccato il telefono per riposare e poi mi sono ritrovato non so quante chiamate dai carabinieri.»

«Se la chiamiamo con insistenza è perché la consideriamo utile per la risoluzione del caso, non crede?»

«Guardi, io non ci dovevo neanche andare l'altra sera a casa di Gabriel Manero, lo conoscevo a malapena. Per noi le sue canzoni erano perfette da cantare alle feste mangiando gli *strauben*.»

«Cosa sarebbero gli *strauben*?»

«Le nostre frittelle, alla marmellata sono buonissime. La prossima volta gliene porto un po', quelle fatte da Magda piacciono anche al mio cane, che tra l'altro la saluta.»

«Mi saluta il suo cane o sua moglie?»

«Magda la saluta di sicuro, al cane non so se lei è simpatico.»

Clemente s'innervosì impercettibilmente ma Agata gli lanciò un'occhiata per invitarlo alla calma.

«Le dico subito perché l'abbiamo richiamata... ci sono un po' di cose che vorremmo verificare con lei.»

«Mi dica.»

«Lei ci risulta possessore di una calibro 22, giusto?»

«Sì, ho il porto d'armi, in effetti. Mi diverto ad andare al poligono a Bolzano ogni tanto...»

«E quest'arma adesso dove la tiene?»

«Quale arma?»

«Quella che possiede regolarmente.»

«Maresciallo... devo dirle la verità: me l'hanno rubata qualche settimana fa. Io e mia moglie eravamo andati a Vipiteno per la Giornata regionale del cane, tra l'altro potevate venire anche voi, è stato molto bello...»

«La prego, vada avanti.»

«Quando siamo tornati, qualcuno aveva scavalcato il cancello ed è entrato da una finestra che avevamo dimenticato aperta, non so se voi vi siete accorti di nulla...»

«Noi non abbiamo notato nulla ma a lei rubano un'arma in casa e non ne denuncia il furto, ma tutto appost'?»

Markus iniziò a tremare visibilmente.

«Ha ragione, non l'ho fatto... ma io non c'entro niente, glielo giuro su Donald.»

«La prego, ci manca solo il giuramento sui cani... lasciamoli stare, almeno loro. E purtroppo deve sapere che il colpo che ha ucciso Gabriel Manero è partito da una calibro 22 come la sua.»

«Ma che io non ho! Non ne ho denunciato la scomparsa primo per non sentire mia moglie fare storie... che lei è tutta pacifista... e poi, tanto, chi li trova più una volta che sono scappati?»

«Scusi, ma lei non vive qui a Bressanone?»

«Sì, sì.»

«E non si fida dei carabinieri?»

«Certo. Conosco bene Jan e Hans nella caserma, che sono bravissimi.»

Per Markus esistevano solo i sudtirolesi.

«Senta, bello. Lei rischia di essere indagato, si rende conto? Quindi ora mi dica tutto quello che sa perché se c'è qualcuno che sta infrangendo la legge quello è lei.»

Mai avrebbe immaginato, Clemente, di alzare così il tono con il suo vicino di casa.

«Va bene, allora le confesso tutto... perché tanto sono sicuro che la verità verrà a galla comunque. Dunque, ultimamente ho fatto una serie di cazzate.»

«In questo sappia che non è solo.»

«Lo so, ma ho un po' esagerato.»

«Mi dica.»

«La prima è che ho commesso un piccolo furto a casa di Gabriel... un furto un po' stupido.»

«Cioè?»

«Ho rubato il suo Telegatto.»

Agata, dall'altra parte della stanza, rise così forte che i due si voltarono di colpo e lei desiderò solo scomparire. Anche perché, se fosse stata scoperta non in servizio, lei e il maresciallo avrebbero rischiato grosso. Alla brigadiera non era mai capitato di avere un attacco isterico durante un interrogatorio, ma c'è sempre una prima volta.

«Lei ha rubato il Telegatto di Gabriel Manero?»

«Sì, per gioco. In realtà volevo fare un regalo a una persona che lo avrebbe apprezzato.»

«L'ha rubato l'altra sera dopo il concerto?»

«No, non ne avrei mai avuto il coraggio. Lo avevo fatto qualche settimana prima.»

«Cioè?»

Markus stava diventando sempre più rosso e il suo ciuffo sempre più moscio, e Clemente lo esortò a proseguire senza timore.

«Sa che avevo una storiella con Babsi...»

«Con Barbara Kessler, vuol dire.»

«Esatto, che lei conosce. La prima volta che siamo andati ad appartarci nella villa, già che potevamo girare per tutta la casa siamo arrivati fino alla stube dove c'erano tutti i trofei, i dischi, i premi... e Barbara è impazzita per questo Telegatto. Lo ha preso in mano, non le pareva vero, ha persino fatto il discorso. E allora la volta dopo, dato che la casa era disabitata e ci andavano anche altri clienti, ho pensato di prenderlo di nascosto per regalarglielo... anche perché quella casa me la sentivo un po' anche mia, visto che era di mia madre e il signor Manero l'aveva comprata furbescamente da lei. Quando Barbara lo ha visto però si è un po' spaventata, non sapeva come giustificarlo, c'era la targhetta con il nome di Gabriel, insomma ho fatto una stronzata, se mi permette di dirlo in italiano.»

«In tedesco come si dice?»

«*Blödsinn.*»

«Ho capito. E quindi sto Telegatto lei se lo teneva in cassaforte?»

«Sì, perché cosa potevo dire a mia moglie? Che avevo fregato un Telegatto per regalarlo alla bionda più bella di Brixen?»

Clemente gli risparmiò il pippone su Marilyn e lo lasciò continuare.

«Che poi era una cassaforte per modo di dire... si apriva facilmente.»

«E oltre alla pistola e al Telegatto non aveva nient'altro?»

«No, solo quello.»

«È sicuro?»

«*Ja.*»

«E non ha sporto denuncia. Faccio fatica a crederle.»

«Più che della pistola, mi vergognavo a denunciare il furto di un Telegatto rubato... ha visto come ha riso la sua collega qui nella stanza?»

Clemente guardò Agata che appariva imperturbabile.

«Mi ripeta meglio i suoi movimenti quella sera e la mattina successiva.»

Markus tirò un lungo sospiro come se si dovesse liberare di un peso.

«Come sa, sono andato a casa di Gabriel con Babsi.»

«La quale però era con il suo compagno.»

«Ma lui non va bene per lei: è troppo rifatto!»

«Non siamo qui a disquisire sui gusti delle persone. Lei esattamente quando è andato via dalla festa?»

«Io sono uscito dalla villa subito dopo Rossella e Andreas.»

«E lì chi è rimasto?»

«Solo Barbara con il chirurgo, ma erano ai saluti.»

«Quando è andato via ha visto qualcuno?»

«No, nessuno. Quando poi sono ritornato per via delle chiavi, ho visto tutto spento, perciò ho preferito non intromettermi e sono rientrato.»

«E non ha notato un'auto parcheggiata dietro al cancello?»

«Sì, in effetti.»

«L'auto era rossa immagino.»

«Esatto... doveva essere arrivata da poco.»

«E perché non me l'ha detto quando l'ho interrogata l'altra volta?»

«Non mi è proprio venuto in mente...»

«Allora sono un po' le cose che non le sono venute in mente. Mi ripeta cosa ha fatto la mattina del delitto.»

«Sono andato a correre nella zona di Elvas e poi ho aperto il mio negozio.»

«E mi conferma che non aveva con sé il cellulare?»

«Esatto, avevo solo l'iPod per ascoltare la musica.»

«Che musica?»

«Io ascolto solo musica tirolese.»

«E come fa?»

«Con l'iPod gliel'ho detto.»

«No, intendo che musica è... tipo *Quel mazzolin di fiori*?»

«Ma va', sono canzoni stupende! I miei preferiti sono i Kastelruther Spatzen... lei deve sentire *Ciao amore* in versione remix... mi dà proprio la carica.»

Il maresciallo fingeva di prendere nota di tutto cercando di cogliere altre possibili incongruenze.

Appena Guglielmotto si affacciò alla porta, Clemente fece firmare il verbale al teste chiedendogli di non allontanarsi da Bressanone. Nei suoi occhi vide lo stesso panico che provava lui quando sentiva il suo cane ringhiare.

23

In quei giorni di fine settembre, se c'era una persona rosa dall'inquietudine era la comandante Calabrese, che seguiva con attenzione il lavoro di Clemente, ma al tempo stesso soffriva il coinvolgimento per lei eccessivo del suo brigadiere e temeva che quel sorriso potesse far capitolare anche Agata.

La loro era una relazione soprattutto fisica, fatta di azioni più che di parole, e "Tizzy", come si firmava, era terrorizzata che qualcuno li scoprisse. Da quando poi sul telefono di Guglielmotto erano cominciati ad apparire i "guten morgen" della segretaria del notaio, lui era diventato ancora più sfuggente.

Perciò aveva insistito per avere conferma dell'invito a cena, ma il brigadiere, tra gli agnolotti di una e le intolleranze dell'altra, aveva iniziato a fare il vago.

Approfittò di un attimo in cui il maresciallo era solo per chiamarlo a rapporto.

«Sarò veloce perché so che è nel pieno dell'indagine che per ora sta svolgendo egregiamente» esordì innervosita.

«Le indagini vanno concluse, altrimenti non servono a nulla.»

«Giusto. È per questo che ha fatto venire la sua amica dal paese?»

Gino capì l'antifona e le sue gote stavano per diventare come quelle di Heidi, ma gli apparve il santino di Felicetta che lo invitava a rimanere calmo e a rispondere con arguzia.

«La mia amica è venuta a trovare me e mia moglie, e dato che come sa è del mestiere ed è molto inserita a Bressanone, ho pensato che potesse darci una mano... in borghese. Mi rendo conto che non è proprio la prassi, ma anche lei sa che i rapporti umani a volte esulano dalle regole... o no?»

La comandante ebbe la prova che il maresciallo sapeva della sua relazione con Guglielmotto e incassò il colpo senza commentare. Ma lui non aveva finito perché da vero polignanese non gli bastava il pareggio: voleva vincere.

«Comunque le devo dire che Agata è già impegnata e che il brigadiere Guglielmotto ha un comportamento davvero ineccepibile.»

La Calabrese avrebbe voluto sotterrarsi come una cipolla della sua Tropea, ma disse solo: «Buon lavoro allora, ma eviti di farla entrare di nuovo in caserma».

Poco dopo lo vide uscire insieme ad Agata in direzione del bar Krone, dove li avrebbe raggiunti il suo amato Giuseppe per fare il punto: anche perché il brigadiere, nel frattempo, era tornato all'hotel Traube per avere notizie più precise su Karin Loefer. Lei, in effetti, aveva soggiornato proprio lì la notte del concerto e aveva fatto il check-out verso le dieci uscendo dall'albergo a piedi. Non aveva detto molte parole, né dato confidenza a nessuno. Per trovarla bisognava quindi chiedere la collaborazione della polizia austriaca, dato che l'amico del maresciallo in questura "se me lo dicevi" si era reso di colpo irreperibile.

«Con loro è sempre un'odissea» sbottò Clemente, ma ad Agata venne un'idea: contattare finalmente Günther, che non era ancora riuscita a vedere.

«Gli scrivo subito» aggiunse, «perché lui ha venduto case a un sacco di gente importante in Austria, quindi può arrivare dove vuole. Anche perché è tirolese fuori e pugliese dentro, fidati...»

Il maresciallo diede una sorsata alla sua birra, che nella preistoria non c'era, ma era buona lo stesso. Ne aveva bisogno. Era stanco, un altro giorno era volato e le strade da esplorare erano ancora troppe.

Dovevano dividersi i compiti: l'indomani lui avrebbe cercato il travestito, Agata si sarebbe data da fare per trovare Karin, mentre Guglielmotto avrebbe usato tutto il suo charme per convincere con le buone la terribile signora tirolese a collaborare e mostrare le immagini della sua telecamera. Il brigadiere era già pronto per la missione, ma si gasava solo quando era sotto pressione.

«Va bene, maresciallo, procedo. E poi su cos'altro posso lavorare?»

«Devi scoprire se qualcuno ha comprato di recente la calibro 22 rubata al mio vicino di casa.»

«Invece ha notizie del telefono trovato nella stube?»

«Ancora niente. Mimmo per una volta è in difficoltà, ma ha chiesto aiuto al figlio smanettone... Intanto gli ho sollecitato la localizzazione dei telefoni di Rossella Sartori, Markus Gasser e Andreas Sinner la mattina dell'omicidio.»

E mentre il brigadiere gongolava nel sentir crescere l'adrenalina, Agata aveva spalancato gli occhi incredula. Günther le aveva già risposto: "Allora è vero che sei qui! Vediamoci a cena e ne parliamo".

Lei aveva salutato tutti all'istante ed era scappata via – doveva prepararsi – mimando a gesti che si sarebbero aggiornati al telefono. Anche Agata, come il brigadiere Guglielmotto, sentiva un'eccitazione che non riusciva a gestire, perché da un lato era felice di buttarsi a capofitto in una missione che non era la sua, dall'altro aveva voglia di rituffarsi in una storia passata.

Non rivedeva quell'uomo da qualche anno, per cui non sapeva cosa aspettarsi e come avrebbe potuto reagire. E invece si ritrovarono come se si fossero appena salutati, con una differenza: lui non era più impegnato. Si strinsero in un abbraccio infinito.

Günther aveva scelto il ristorante, che secondo lui faceva dei canederli agli spinaci spaziali.

«Ma allora te li ricordi ancora i miei gusti...»

«Difficile dimenticarsi di una bella persona come te.»

L'accento tedesco rendeva ogni frase pronunciata da Günther un po' più solenne, ma in quel caso sembrava davvero sincero.

Lui fisicamente era rimasto quasi lo stesso, capelli castani e viso squadrato, con la fossetta a dividere il mento e qualche ruga in più che rendeva indulgenti gli zigomi.

«Dai che mi metti in imbarazzo così.»

«Hai sempre amato i complimenti, lo so. Ma sbaglio o ti ricordavo meno riccia?»

Agata andò immediatamente nel panico.

«Mi preferivi liscia?»

«No, io ti preferisco come sei, ricordo solo che una volta ti eri fatta liscia e mi piacevi molto... comunque stai sempre bene» disse ingenuamente Günther senza immaginare le conseguenze.

Lei si sentiva già morire e allora, per sopravvivere, si concentrò sul lavoro.

«Pensi di potermi aiutare?»

«Se mi spieghi di cosa hai bisogno, magari sì.»

«In effetti... dunque stiamo cercando una donna che si è trasferita in Austria, Karin Loefer, ma dobbiamo fare in fretta.»

«Se me lo dicevi potevo darmi da fare già nel pomeriggio.»

Anche in Alto Adige esisteva la categoria "Se me lo dicevi".

«Te lo sto chiedendo adesso.»

«Allora scrivo subito a un generale a cui ho venduto una casa, tanto è un tipo sveglio.»

Agata lo guardava un po' perplessa, come si fa davanti a uno sbruffone che sembra millantare. Ma giusto il tempo di scrivere il messaggio ed ecco che puntuale arrivò la risposta del generale.

«Mandami il nome di questa persona e domattina alle dieci ti faccio avere il suo indirizzo di casa.»

Agata era sorpresa, Günther un po' meno: tutto il mondo è pugliese. Scrisse il nome di Karin Loefer al generale, guardò la brigadiera negli occhi e aggiunse: «Vedrai che la trova, e se ti va ti posso accompagnare io».

«Dici?»

«Sì, è meglio. È vero che un po' di tedesco lo sai però magari se ci sono io evitiamo intoppi.»

«Ma tu... puoi?»

«Certo. Sono libero come l'aria. Ovviamente sarò riservato, non c'è bisogno che tu me lo dica perché mi conosci.»

Agata era talmente emozionata che cercava di rispondere in modo professionale.

«Che poi io non sono nemmeno autorizzata a fare questa cosa, ma la verità è più importante della procedura, no?»

«Non lo so ma io mi fido di te qualsiasi cosa tu faccia.»

Lei era di nuovo innamorata, e non sapeva se essere più contenta di rintracciare l'erede a cui Gabriel aveva lasciato tutto, o perché Günther l'avrebbe accompagnata a cercarla.

«Quindi dici che dovrei farmi liscia?» gli disse facendo la disinvolta.

Lui, anziché risponderle, ordinò due calici di Lagrein.

«Io dico che dobbiamo brindare al fatto che tu sia tornata. Ma hai freddo?»

«Un pochino... in effetti avrei bisogno di scaldarmi...»

Günther colse una piccola malizia in quella frase, ma evitò altre battute per non rovinare l'alchimia che si era creata. Non avrebbe mai pensato di rivedere quella ragazza così diversa da tutte le altre. Era un uomo che non usava i social network, teneva pochi contatti con le persone del suo passato, che potevano ritrovarlo solo se tornavano a Bressanone, dove faceva ancora l'agente immobiliare, oltre che giocare a tennis e perdersi sulle montagne.

«Quindi state per scoprire chi ha ucciso Gabriel?»

«Speriamo. È tutto molto complicato»

«Lo immagino e a Brixen non si parla d'altro.»

«Ah, e cosa si dice?»

«Gira voce che in quella casa c'erano strani movimenti... ma questo tu lo saprai già.»

«In effetti sì... la Villa delle ombre.»

«Ma è vero che la proprietaria della Casa del luppolo si incontrava lì con il vicino del maresciallo?»

«Non ti posso dire niente, purtroppo.»

«Dai. Tu sai come siamo noi qui. Diffidenti, ma leali.»

«Lo so, ma non posso...»

«Allora se non puoi parlare dammi un bacio.»

Lui si fiondò su di lei che, presa alla sprovvista, si arrese felice. Nel frattempo erano arrivati i canederli.

24

L'abitazione di Corinna, all'anagrafe Biagio Rossi, si trovava all'interno di una delle "case dei ferrovieri" all'inizio di Fortezza: edifici di inizio Novecento, tutti dello stesso marroncino, molto curati e un po' mesti, con le loro persiane verdi quasi tutte chiuse. Sul citofono, il maresciallo lesse due cognomi.

"È pure sposato" pensò, ma ormai non si stupiva più di nulla. Erano le sette e trenta del mattino, che può sembrare presto in qualunque luogo ma non in Alto Adige, dove il picco del traffico in bicicletta è all'alba.

Il signor Rossi rispose al citofono con un tono sorpreso – o forse si aspettava questa visita – e lo fece entrare con una sottile agitazione. Sul tavolo del soggiorno faceva bella mostra di sé la composizione non ultimata di un puzzle con una veduta del Lago Blu del Cervino. Clemente lo guardò incuriosito e Biagio mise subito le mani avanti: «So che si trova in Valle d'Aosta e noi qui abbiamo il lago di Braies, ma per me il Cervino resta la montagna più bella».

«Signor Rossi, sa perché sono venuto a trovarla?»

«Immagino che c'entri con la scomparsa di Gabriel Manero.»

«Come mai lo pensa?»

«Be', in tv non si parla d'altro. Io però non sapevo chi fosse e l'ho capito dopo.»

«Quindi chi era per lei?»
«Un cliente. Mi ha contattato il suo impresario, mi ha spiegato di cosa si trattava, come mi dovevo comportare e mi ha chiesto di accedere con la macchina dal retro della villa. Ho seguito le sue indicazioni, la porta era già aperta, sono salito al primo piano, Gabriel mi ha detto di cambiarmi nella camera degli ospiti e di chiamarlo quando ero pronto...»
«Ma quando era pronto era vestito da donna?»
«Certo, lui voleva Corinna. Poi aveva voglia di gin tonic e ci siamo messi a bere... alla fine abbiamo esagerato e abbiamo fatto un po' tardi.»
«Che ora sarà stata?»
«Non lo so, forse le due e mezzo, le tre... ero stordito. Non volevo tornare in auto in quello stato per via dei controlli e lui mi ha fatto prendere un sonnifero e mi ha messo nella camera degli ospiti. Mi sono addormentato di botto.»
L'uomo, vedendo il maresciallo prendere appunti, iniziò a innervosirsi.
«Ma mi dica una cosa... adesso tutti verranno a sapere di questa mia attività?»
«Io vorrei solo sapere com'è andata, tenendo presente che si deve fidare di me... sono venuto da solo apposta, da uomo a uomo, e se collabora le verremo sicuramente incontro.»
Il signor Rossi sembrò per un attimo in preda a un autentico smarrimento, l'espressione tra il mortificato e l'afflitto.
«Io non saprei proprio cosa dirle di più.»
«Glielo dico io... mi racconti bene com'è andata.»
«La prima chiamata l'ho ricevuta da questo signor Esposito la sera del concerto, prima dell'ora di cena. Mi ha chiesto se sarei stato disponibile a fare questo servizio... ma non sapeva dirmi bene l'orario perché questo suo cliente aveva un impegno... così aveva detto, poi faceva una festa... e va bene che faccio la prostituta ma sono comunque una professionista, per cui io lavoro su appuntamento e così gli ho spa-

rato una cifra un po' più alta, correndo il rischio che non mi richiamasse.»

Il maresciallo si accorse che quando parlava del lavoro il teste usava il femminile, ma evitò di commentare.

«Invece poi l'ha chiamata.»

«Ovvio. Nessuno può dire no a Corinna.»

A Clemente venne un attimo da ridere ma si trattenne.

«A che ora è arrivato lì?»

«Verso l'una di notte.»

«Lei quindi si prostituisce vestito da donna?»

«Glielo ripeto, sì, e mi diverto pure. I soldi facili fanno sempre comodo. Ma mio marito non è d'accordo.»

«Ah, lei ha un marito?»

«Eh sì, per ora ce l'ho ancora. Anche i gay si sposano oggi. Io ho sempre amato vestirmi da donna, è un desiderio che ho avuto fin da ragazzo, ma lui mi vorrebbe vestito da uomo.»

«In effetti uno fa tanto per sposare un uomo e poi l'uomo si veste da donna, allora tanto valeva sposarsi una donna.»

«Sì, ma la donna non ha la sorpresa, non trova?»

Il maresciallo s'imbarazzò, certi argomenti lo incuriosivano ma non lo lasciavano troppo tranquillo, perciò ascoltava senza commentare.

«Così ho pensato che, visto che mi piaceva travestirmi, tanto valeva guadagnarci qualcosa... Solo che prima era più difficile e rischioso, oggi grazie ai social tutti possiamo essere chi vogliamo in un minuto: basta chiudere gli occhi, e il cuore va dove vuole.»

«Come uno zingaro.» A Clemente per un istante tornò in mente quella vecchia canzone, mentre Corinna era concentrata sul suo racconto.

«Insomma, maresciallo, questo impresario mi ha trovato su un sito e mi ha organizzato l'incontro con Gabriel.»

«Cosa mi dice della casa?»

«Una villa ferma nel tempo, molto kitsch... la sua camera sembrava quella di un faraone.»

«Lei indossava una parrucca?»

«Certo. Un travestito *deve* avere la parrucca.»

«Scommetto che la sua è castana.»

«Esattamente, avrò perso sicuramente più di un capello, poi quelle sintetiche sono tremende e tengono un caldo, ma un caldo...»

«Che impressione le ha fatto Gabriel?»

«La verità? Mi sembrava che volesse strafare... non so se avesse preso qualche sostanza o fosse brillo, ma era molto gasato, forse sovraeccitato... comunque non sembrava una persona troppo tranquilla, e io ne ho viste tante in quello stato.»

«Ma le sembrava preoccupato per qualcosa?»

«Non troppo. Come si dice: "Il cazzo non vuole pensieri", e da quel punto di vista era rilassato. Poi sa, io stavo lavorando, in genere in questo tipo di attività i clienti decidono loro se parlare, cosa dire...»

«Quanto tempo sarà durato il rapporto?»

«Bah... non saprei... l'atto fisico forse venti minuti... ma prima voleva parlare, poi voleva bere, poi mi voleva raccontare, io pensavo solo alla mia prestazione. Non potevo fallire.»

«E lei la mattina dopo se n'è andato vestito da uomo?»

«Ovvio. Qui se giro vestito da donna mi arrestano.»

«E l'ha pagata?»

«Sì, senza problemi. Però ricordo che era un po' stressato perché non trovava il suo secondo telefono che usava per le sue amiche colombiane, non so se ho capito bene... questi uomini dopo che vengono con me devono sempre ribadire la loro virilità. Così gli ho suggerito di farlo squillare... se ha la suoneria accesa lo trovi subito.»

«E l'ha trovato?»

«Non so, perché me ne sono andato.»

Il maresciallo pensò al telefono trovato nel divano e capì di avere fatto bingo, ma continuò a fare domande come se nulla fosse.

«Lei quanto prende per una prestazione?»

«Dipende, in questo caso la performance costava cinquecento euro. Ma mi fa effetto che quest'uomo non ci sia più... condividere un momento così intimo con una persona che poco dopo viene colpita alle spalle fa molto male.»

«Lei com'è venuto a conoscenza di questo fatto?»

«Su Facebook e poi in tv ci sono continui aggiornamenti... senta, maresciallo, so che le chiedo molto, ma vorrei evitare che il mio nome circolasse in questa vicenda... sono sicuro che capirà. Ho un lavoro serio e una reputazione nel mio condominio. Se i miei clienti sapessero...»

«Ma i suoi clienti non lo sanno?»

«Intendo i clienti del mio lavoro ufficiale. Io faccio l'assicuratore, per cui ho ampia libertà di orari... anche lì lavoro su appuntamento.»

Il maresciallo aveva la mente che girava e iniziava a sentire fretta di andarsene.

«Va bene, signor Rossi, ora vado, ma potrei rifarmi vivo presto.»

«Quello che sapevo le ho detto.»

«Sa invece cosa rischia se non ci dice tutta la verità?»

«Io non ho niente da nascondere. Se non mi sono fatto vivo prima è solo per le ragioni che le ho confessato. Si metta nei miei panni. Sono un assicuratore di giorno e un travestito di notte. In Alto Adige. Con un pisello tra le gambe.»

25

Agata si era svegliata con tre pensieri in testa: il bacio di Günther, l'indagine di Clemente, una messa in piega liscia. La cosa più semplice da fare le sembrò incredibilmente l'ultima, così di prima mattina si fidò dei consigli di Ingrid e decise di andare da Lu Chen, la sua parrucchiera cinese che apriva già all'alba: economica, veloce e di poche parole: «liscia o liscissima?» aveva chiesto, e lei aveva malauguratamente risposto «liscissima», senza alcuna esitazione.

In pochi minuti aveva visto i suoi ricci in balia di piastra e creme chimiche allungarsi al punto da modificarle anche i lineamenti del viso. Alla fine, si vide decisamente troppo liscia, ma con Lu Chen non si poteva discutere perché stava già passando alla cliente successiva: «Liscissima: 35 euro» aveva concluso senza battere né ciglio né scontrino, e Agata aveva pagato pretendendo almeno la ricevuta. Sapeva che doveva essere pronta al più presto e infatti, come un orologio, alle dieci e cinque arrivò il messaggio di Günther: "Il generale mi ha dato l'indirizzo di Karin Loefer: vive a Innsbruck, non è lontano. Ti passo a prendere tra dieci minuti, va bene?".

Ecco cosa le era mancato di Brixen: quella puntualità quasi surreale e la valorizzazione del tempo. Günther, infatti, aveva subito precisato che nel pomeriggio doveva rientrare in città per l'atto di vendita di una casa. Per quanto fosse abituato a controllare le emozioni, rimase abbastanza a bocca aperta quando si ritrovò davanti una donna completamente liscia che, con un semplice gesto, era già capitolata ai suoi piedi.

«Stavo meglio riccia, vero?»

«Agata, che tu sia liscia o riccia a me non importa, l'importante è che passiamo un po' di tempo insieme... e sappi che solo per te posso chiedere questi favori.»

«Cavolo, e ti ha pure risposto subito.»

«E ci credo... gli ho fatto fare un affare con uno chalet a Ortisei. Si era innamorato dell'Alpe di Siusi ma non riusciva a trovare nulla in zona... è capitata un'occasione, l'ho chiamato, ha comprato e mi ha detto: "Se hai bisogno di un aiuto in Austria, chiedi a me".»

«Madò, come in Puglia. Solo che noi lo facciamo anche con chi ci trova un parcheggio, non uno chalet a Ortisei.»

Günther sorrideva mentre schiacciava forte sull'acceleratore della sua Porsche. Agata cercava di mostrarsi rilassata e a suo agio, ma non era mai salita su un'auto del genere, e le sembrava di essere seduta sulla poltrona del dentista. Rivedeva quei cieli lontani che scorrevano veloci come in Scandinavia. Faceva già quasi freddo, ma voleva lo stesso tenere il finestrino aperto perché l'aria le schiariva le idee, mentre Günther provava a farle ascoltare Bach.

Le valli si susseguivano alternate a qualche campo di mais, ma Agata guardava fissa la strada. Questa Karin doveva essere un personaggio enigmatico, pensava tra sé: compare la sera del concerto, sta in fondo alla sala insieme all'ex batterista, non si parlano, la nota solo il maresciallo che poi la riconosce in una vecchia foto, capisce che è la donna a cui Gabriel ha lasciato la sua eredità e viene a sapere che la sera dell'esibizione ha dormito in un hotel a due passi dalla Villa delle ombre.

«Agata, ma ora che arriviamo a Innsbruck andiamo direttamente a casa di questa signora?»

«Non so, volevi fare una gita?»

«Io no, ma magari tu vuoi andare a vedere la fabbrica degli Swarovski... sei pur sempre una donna italiana.»

«Sono una donna italiana e tu sei un uomo altoatesino. Entrambi abbiamo un lavoro da svolgere, che io nemmeno potrei fare, per cui la nostra gita è già questo viaggio in Porsche!»

Innsbruck li accolse con la sua anima imperiale e un navigatore che parlava tedesco che ad Agata faceva un po' sorridere, perché le ricordava i vecchi tempi in cui cercava di imparare quella lingua difficile. L'aria che arrivava da fuori era ancora più fredda che a Bressanone, sebbene fosse quasi mezzogiorno e il cielo azzurro facesse luccicare gli edifici lungo il fiume.

Karin abitava in una delle case colorate di Innstraße nel quartiere di Sankt Nikolaus. In fondo alla strada svettavano le Alpi. Man mano che si avvicinavano a destinazione, Günther sembrava sempre più teso. In un certo senso si era messo in gioco in un ambiente che non gli apparteneva, scomodando un immobiliarista e un generale, e magari poi arrivavano sul posto e questa Karin si era dileguata.

Infatti al citofono non rispondeva nessuno. Che fare? Lui era già nel panico mentre Agata, da brava salentina, pensò che alla fine anche in Austria il metodo più infallibile restava sempre quello di chiedere, ma ovviamente toccava al suo amichetto.

Günther non si sottrasse e attese con pazienza che dal condominio uscisse qualcuno. Si presentò alla prima vecchietta che passava di lì e iniziò a imbastirle un racconto come se fosse alla ricerca di Nemo. La nonnina magicamente si ricordò che la signora Karin Loefer aveva un centro massaggi a pochi isolati di distanza. Günther accompagnò Agata fino all'ingresso e le disse che avrebbe fatto un giro aspettandola in zona. Lei, intanto, aveva ricevuto un messaggio da Clemente: "Il telefono trovato nel divano era di Gabriel, poi ti spiego. Mimmo l'ha sbloccato e sta scaricando i dati. Tu appena puoi aggiornami".

Agata tirò un sospiro di sollievo e spinse la porta a vetri di

Todo Massage. Ad accoglierla, un profumo intenso di spa – un mix di incenso e pulito – e lei, Karin, come l'aveva vista nella foto di quarant'anni prima. Stesse treccine, stessi occhi allungati, sembrava una rielaborazione di FaceApp. Agata aveva scritto in faccia che era italiana e sul tesserino che apparteneva all'Arma dei Carabinieri. Non lo estrasse, ma non sempre i casi si risolvono seguendo le regole.

«Scommetto che mi state cercando per via di Gabriel.»

«Piacere, sono Agata De Razza.»

«E io sono Karin Loefer, però il mio cognome prima di sposarmi era Ansaldi, ma uso sempre quello di mio marito perché non voglio più avere a che fare con l'Italia.»

«È un Paese difficile, ci sta. Io sono amica del maresciallo Clemente, che sta seguendo il caso della morte di Gabriel Manero.»

«Ho capito, la tipica indagine all'italiana. Vuole un tè verde?»

«Lo accetto volentieri, grazie. Lei stava lavorando?»

«In teoria sì, ma mi hanno cancellato un massaggio e quindi ora sono libera e posso rispondere a ogni sua curiosità.»

«In effetti vorremmo capire meglio cosa c'è dietro questa brutta storia. Perché lei tanti anni fa ha collaborato con lui, giusto?»

«Certo. Eravamo io, lui e Benno Moser, un altro disgraziato che ho rivisto l'altra sera e che immagino non abbiate ancora arrestato.»

«E perché?»

«Perché anche lui è un ladro come l'altro, anche se fa il metallaro alternativo... solo che da ragazzo rubava nelle borse alle feste delle mie amiche... e Gabriel è stato più furbo e le canzoni se le è registrate con il suo nome.»

«Faccio fatica a seguirla. Mi può spiegare meglio?»

«Dunque, noi tre formavamo un trio quando eravamo davvero molto giovani... i Salomon. Gabriel era la voce e il nostro frontman, poi c'era Benno alla batteria e io alla chitarra. Io sapevo anche comporre perché avevo studiato musica e avevo un buon orecchio... e le canzoni di Gabriel che poi sono diventate famose le avevo scritte io. In particolare *Todo corazón*. Ha presente quante copie ha venduto? Da quanti anni la cantano nei karaoke?»

«Certo, immagino. Deve essere stato frustrante per lei.»

«Molto. Poi, dopo quarant'anni, un giorno mi prende il nervoso e decido di cercare Gabriel su Instagram e gli scrivo un messaggio: "Complimenti per le tue canzoni". E lui mi risponde subito dalla Colombia, dice che non sta bene e che torna per questo concerto a Brixen e vuole assolutamente che io ci sia, tutto carino e quasi melenso. Io rispondo un po' freddamente, ma poi alla fine decido di andarci... anche perché anch'io mancavo da casa da tantissimo tempo.»

«Com'è andata la serata?»

«Com'è andata? Pensavo di essere diventata zen, i percorsi olistici, l'India, il Gange, quei rituali in cui tutto scorre, ha presente?»

«Più o meno credo di aver capito.»

«Comunque vengo giù, mi metto in un angolo, scopro che di fianco a me c'è Benno con la maglietta metallara e quei capelli che chissà quando hanno fatto l'ultimo shampoo, assisto al ritorno del mio vecchio compagno di avventure, ma appena parte *Todo corazón* e vedo che tutti cantano e sono felici, mi sale di nuovo il nervoso, per cui esco dal locale e me ne vado in hotel. E il giorno dopo sono tornata qui.»

«A che ora è partita da Bressanone e come?»

«Mi ascolti bene. È vero che la filosofia zen non mi è entrata del tutto nella testa, ma io non ammazzerei mai una persona. Comunque, per rispondere alla sua domanda, ho preso il treno per Innsbruck delle nove del mattino.»

«Ha il biglietto?»

«Non più.»

«Ha fatto foto durante il viaggio?»

«Per carità, io ero incazzata nera per essere venuta per cui non ci pensavo nemmeno.»

«Quindi non ha un alibi.»
«È un problema?»
«Non è una cosa su cui le conviene scherzare. Anche perché, glielo anticipo io, deve sapere che Gabriel Manero l'ha nominata sua unica erede.»
Karin Loefer non ebbe alcun tipo di reazione. Si versò ancora un po' di tè verde e si mise a fissare il muro.

26

Un uomo di mare sa interpretare la luce meglio di chiunque altro.

Clemente ne era convinto perché a lui bastava dare un'occhiata al cielo per capire che ore fossero e se stesse cambiando il tempo, e all'occorrenza scomodava anche il suo ginocchio sinistro che gli preannunciava l'arrivo della perturbazione.

In attesa che Guglielmotto gli comunicasse come era andata dalla tirolese incattivita e che Agata rientrasse da Innsbruck, il maresciallo se ne stava a guardare il cielo e le nuvole con Brinkley in uno dei suoi posti preferiti, dove l'Isarco e la Rienza finalmente s'incontrano e diventano una cosa sola. A dividerli, nell'ultimo lembo, un piccolo giardino che gli era sempre sembrato un cuore verde, con una panchina su cui sedersi e lasciarsi andare ai pensieri. Era sempre libera, perché il brissinese fermo ci sa stare poco: o va in bici, o corre, o porta a spasso il cane. A un passo da lì, attraversando il ponte Widmann si arrivava alla villa di Gabriel.

In quel tempo sospeso, Clemente cercava le risposte alle sue domande difficili parlando ad alta voce, sotto gli occhi rassegnati del suo cane che annusava le foglie e lo invitava a distrarsi con rapide corse repentine, ma la distrazione divenne presto preoccupazione perché all'orizzonte comparve la sua vicina con Donald, il pastore maremmano, e Brinkley iniziò a innervosirsi. Cominciò così il classico tiro alla fune tra i due proprietari di cani, che riuscirono incredibilmente a placarsi. Clemente preferì affrontare Magda sbracciandosi per salutarla. Lei aveva cambiato del tutto atteggiamento, e anche Donald aveva smesso di fare il bullo.

«Che bello che ci incontriamo nei posti amati dai nostri pet...»

Il maresciallo cercò di trattenersi.

«Sì, appena ho tempo, come vede, mi dedico a lui. Lei sta bene?»

«Insomma, sono preoccupata. Mio marito mi ha confessato del furto dell'arma che teneva in casa per difendersi dai ladri...»

«Ah era un'arma da difesa?»

«Certo, così mi ha detto.»

«E lei gli ha creduto?»

«Certo, non dovevo?»

«A volte meglio avere qualche dubbio.»

«Lei a sua moglie crede?»

«Certo.»

«Be', allora non mi sembra corretto che tenga in giardino una stella alpina. È vietato.»

«Come una stella alpina?»

«Eh sì, sua moglie ne ha una in giardino, credevo lo sapesse... comunque stia tranquillo, la cosa rimane tra noi.»

Clemente restò spiazzato, e anzi di colpo gli salì un po' di rabbia nei confronti di Felicetta. Si guardò intorno per vedere se qualcuno li stesse ascoltando, poi abbassò la voce: «La ringrazio per la sua riservatezza, come sa nessuno è perfetto».

«Eh??? Non sento bene.»

«LA RINGRAZIO PER LA SUA RISERVATEZZA!!!»

Tutte le persone del parco sentirono, e Magda per una volta sembrò dimenticarsi del suo cane.

«Ma Markus non c'entra, vero, con quella brutta storia?»

«Non le posso dire niente, mi spiace. Comunque lei stia tranquilla e si preoccupi solo di Donald.»

Da quando l'aveva conosciuta, non era mai successo che a Magda sembrasse importare più di suo marito che del cane.

«Siamo i suoi vicini di casa e ci siamo fidati subito di voi anche se non siete di qui. Si vede che siete brave persone.»

«Ah meno male, questo mi conforta.»

Il maresciallo la salutò e improvvisamente capì perché Felicetta era sempre piuttosto restia a farlo avvicinare a quel punto del giardino. Rientrò a casa e lei non c'era, così fece un giro a caccia del fiore proibito: «Dimmi tu se uno che indaga su un omicidio deve preoccuparsi anche della moglie che tiene piante vietate! Almeno poteva darsi alla marijuana!» borbottava tra sé, facendo fatica a districarsi tra rododendri e rampicanti. A lui le piante sembravano tutte uguali.

Per non irritarsi ulteriormente, aveva urgente bisogno di sfogarsi al karaoke. Scelse alcune vecchie canzoni di cui non ricordava mai bene le parole. Iniziò con *Love of the Common People* di Paul Young, senza azzeccarne una a parte quelle del titolo e poi passò all'italiano con *La mia banda suona il rock* di Ivano Fossati, che sapeva a menadito. E proprio mentre voleva un "rock bambino", Felicetta entrò in casa con l'aria rassegnata di chi ha sposato un fuori di testa che risolve i casi cantando. E sapeva anche che se si esibiva con un brano come quello non era poi così di cattivo umore.

Clemente era talmente preso che per un attimo non pensò più alla stella alpina. In fondo, cantare era sempre stata la sua passione – era sempre più fiero di far parte del coro Plose – anche se il massimo sarebbe stato esibirsi al piano bar su una nave da crociera. Fece cenno a sua moglie di sedersi e lei accettò di fare la groupie perché sapeva che erano giorni difficili, mentre sarebbe voluta andare a controllare il ciambellone che aveva messo in forno.

Finito lo show, il maresciallo dovette affrontare l'argomento.

«Ma è vero che quel fiore che curi là fuori come una reliquia è una stella alpina?»

«Non è vero.»
«Sì che è vero.»
«Sì, è vero.»
Felicetta cedette di fronte alla verità, e poi aggiunse: «Lo so che è vietato, ma è una tradizione non detta tra le mogli della caserma... una sorta di talismano. Non è che non volevo dirtelo, ma non potevo dirtelo».
«Sì, ma la nostra vicina lo sa e quindi è troppo rischioso... anche se ora ha qualche guaio da risolvere pure lei.»
«Cioè?»
«Il marito la cornifica con la Kessler e Bruno Sinner gli affittava una stanza nella villa di Gabriel ben prima del suo ritorno... villa che era stata di sua madre.»
«Sembra una telenovela.»
«Infatti. E non è finita. Il nostro vicino ha pensato bene di non denunciare il furto di una calibro 22, la stessa arma che ha ucciso Gabriel, e del Telegatto che aveva rubato per donarlo alla Kessler.»
«Una pistola in casa? Ma non erano tutti pacifisti?»
«Lei sì, ma lui è un ex cacciatore pentito. Faceva i safari in Africa e ha rinunciato per lei, ma continua ad andare al poligono di nascosto per non urtarla.»
«Comunque la gente non sta bene.»
«Direi di no.»
«Trovo molto strano che lui non abbia denunciato il furto dell'arma solo per paura della moglie.»
«Ha anche rubato il Telegatto.»
«Sì, ma quello è una cosa simbolica. Secondo me c'era dell'altro, altrimenti l'avrebbe denunciato.»
«Può essere. Come sempre sei sul pezzo, Felicè. Ora vediamo se riusciamo a comporre il puzzle. Ma cos'è questa puzza di bruciato?»
«Oddio, il ciambellone!»
«Ma come il ciambellone... hai detto che i dolci sono il male, sono Satana...»

«Lo so, ma quando siamo in emergenza saltano tutti i piani, comprese le diete. Fammi andare a spegnere, si sarà un po' bruciato.»

«Così ti ricordi di tua madre.»

Felicetta corse in cucina emozionata. Aveva detto solo una volta a suo marito che sua madre bruciava sempre il ciambellone, e lui non lo aveva dimenticato. Per fortuna, era solo un po' più cotto del solito. Il maresciallo però non poteva fermarsi.

«Tra poco vedo Agata.»

«Lei è venuta qui anche per Günther, vero?»

«Credo di sì. Non gliel'ho chiesto per non essere invadente.»

«Eh, ma quante storie. Fai le domande a tutti su tutto e poi le cose importanti non le sai... perché non vorrei che la illudesse e la facesse soffrire come un tempo.»

«E tu come fai a sapere tutte queste cose?»

«Sono andata al Regno dello speck a prendere un po' di salumi, e Ingrid tra una chiacchiera e l'altra mi ha spifferato tutto.»

«Appost', come a Polignano. Ora vado, che Agata mi aspetta e ho un po' da fare. Che cosa prepari per cena?»

«Crauti stufati e uova.»

«Avevi detto che siamo in emergenza... I crauti stufati no, ti prego, non potevano esserci nella preistoria.»

«E perché?»

«Ci saremmo già estinti come i dinosauri.»

«Sarà, ma i crauti comunque fanno benissimo a tutto. Hai visto che la cintura ti sta larga?»

Lui si guardò e si accorse soddisfatto che, in effetti, era dimagrito, e uscì di casa con l'aria spavalda di un vecchio ragazzino.

Agata lo attendeva bevendo un caffè in piazza Duomo, nel bar di fronte ai due campanili che rendevano quel luogo inimitabile.

«Quindi pensi che questa Karin c'entri?»

«Non lo so, al momento ha molto rancore e non ha un alibi, non ha neanche il biglietto del treno, niente. Quella mattina ha detto di essere ripartita subito per Innsbruck, ma al momento non ci sono le prove. Dobbiamo fare qualche verifica. E quando le ho detto del testamento ha fatto una faccia che non ho capito.»

«Certo, il testamento è stata una cosa troppo improvvisa. Deve essere successo qualcosa in Colombia, altrimenti non si spiega.»

«Lo penso anche io.»

«Senti, per cambiare un attimo discorso, non mi hai mai detto come va con Gianpiero, il tuo ragazzo, quello che ho conosciuto a Polignano...»

«Di Gianpiero non ti ho parlato perché ho poco da dire. Mi ha mollato... Gli mancava troppo il Salento, questa la motivazione ufficiale, ma temo che avesse un'altra... come sempre. In amore l'unica regola in cui credo è che ti deve sempre andare un po' di culo.»

«A volte ti va di culo se ti lasciano, sai?»

«Speriamo.»

«E sono contento che Günther ci abbia dato una mano con la polizia austriaca.»

«È stato un gran gesto.»

«E ti piace sempre?»

«Sì, tanto.»

«Però cerca di non soffrire...»

Mentre stava riflettendo, Agata realizzò che il grafico che aveva contattato per il foglietto di carta non le aveva risposto e così Clemente provò di nuovo a telefonare al suo amico "Se me lo dicevi".

«Ehilà, maresciallo, ci sono! Dammi il nome di questa signora austriaca che vedo di trovarla al più presto.»

«Veramente l'abbiamo interrogata stamattina a Innsbruck...»

«Se me lo dicevi...»

«Ma te l'ho detto ieri.»

«No, intendevo... se me lo dicevi che andavate a Innsbruck vi mandavo a mangiare da uno di Capurso che fa delle melanzane che sono la fine del mondo.»

«Sarà per la prossima volta, invece conosci un esperto di grafica?»

«Eccerto, basta che mi chiedi e io ti apro tutte le porte, Clemente.»

«Allora ti giro la foto di un pezzo di carta che abbiamo trovato nel corso di un'indagine importante, vedi se ci aiuti a capire a cosa si riferisce.»

«Mandami la foto su WhatsApp e tra poco ti dico.»

Il maresciallo era sorpreso da tanta celerità, aveva più di un dubbio ma non c'erano troppe alternative.

L'arrivo trafelato di Guglielmotto riaccese in loro l'entusiasmo: la sua faccia rivelava novità.

«Abbiamo finalmente i nuovi esami tossicologici eseguiti sul cuscino del divano, quello con la cerniera aperta... hanno trovato tracce di cocaina, come aveva intuito Brinkley.»

Clemente avrebbe voluto avere lì il suo cane adorato solo per allungargli un biscottino.

«Quindi c'entra la droga.»

Agata intervenne prontamente.

«Bressanone è sempre stato un punto strategico tra Austria e Italia per cui non mi sorprende per niente. Ma sentiamo il brigadiere, che pare abbia un po' di altre cose da dire.»

«In effetti sì. Mimmo ha mandato i risultati sulle posizioni dei telefoni che gli abbiamo chiesto di controllare nell'ora del delitto: dunque, il telefono di Rossella Sartori, che ha dichiarato di essere all'asilo Millecolori, è sempre rimasto agganciato alla stessa cella della villa di Gabriel, e così pure quello di Ciro Esposito, che soggiornava all'hotel Traube; il telefono di Andreas Sinner, invece, il figlio di Bruno, risulta per tutto il tempo nella sua casa in via del Canneto vicino allo stadio, quindi agganciato a un'altra cella telefonica.»

«Quindi cosa significa?»

«Che in teoria Rossella e Ciro potrebbero essere stati in casa di Gabriel all'ora del delitto, mentre Andreas risultava nella propria abitazione. Nessun movimento sospetto neanche delle loro carte, bancomat, Telepass... niente.»

«E Rossella è stata inquadrata nei pressi della casa di Gabriel anche il giorno prima. Quindi dobbiamo approfondire meglio, ma almeno abbiamo qualcuno da escludere. Invece hai novità sulla telecamera della signora tirolese?»

Guglielmotto emise un sospiro.

«Ce l'ho fatta, ma che fatica... quella tipa è davvero poco collaborativa. Praticamente mi ha detto che usa la telecamera perché è convinta che la sua vicina voglia avvelenare il suo gatto. Solo che ha un sistema diverso di rilevazione e quindi le immagini sono nella memoria del dispositivo e ci vuole un po' per scaricarle, ma alla fine la signora non ha opposto resistenza e faremo controllare i frame.»

«E come hai fatto?»

Il brigadiere sfoderò il sorriso Dash.

«A volte non serve parlare tedesco.»

Ma non aveva finito: «Ho fatto stampare in alta risoluzione le immagini della macchina di Bruno e di Ciro a piedi vicino alla villa».

Agata lo guardò ammirata e batté una mano sulla schiena del brigadiere: il ragazzo stava crescendo bene. Avrebbe voluto e dovuto restare, ma Günther le aveva scritto solo "Che ne dici di un vin brulé?" e lei pensò che qualcosa di caldo a quell'ora poteva essere una buona idea.

27

Agata non avrebbe mai pensato di ritrovarsi di nuovo tra le braccia di un sudtirolese che era stato il suo pensiero fisso per anni – uno che nell'intimità diceva *Ja* anziché Sì – e che sperava di aver dimenticato. In realtà, ogni tanto, per vedere la sua faccia, faceva un giro sul sito della sua agenzia immobiliare, dove c'era una foto che non cambiava mai, come quella sulle lapidi. Poi il tempo aveva smussato il ricordo ma non la passione, lei era tornata in Puglia, si erano persi, Günther si era finalmente separato e ora il discorso poteva riprendere.

Ma Agata era e restava una donna ligia al lavoro e, anche se quell'uomo le sembrava irresistibile, lei sapeva bene perché era lì.

«Tu mi piaci sempre tanto e solo per questo ho fatto un salto qui per salutarti, ma ho da fare per l'indagine.»

«Dai, solo una mezz'ora... come fai a dire di no a un vin brulé?»

«Proprio perché non è ancora sera.»

«Non ti facevo così prevedibile. Il vin brulé non dipende dall'ora, ma dal clima... e se fa fresco, è perfetto.»

Così si lasciò andare prima a un bicchierino, poi a un altro, poi a un timido bacio, ma sul più bello il telefono la riportò bruscamente alla realtà. Ingrid aveva urgenza di vederla.

Agata tornò sull'attenti, si aggiustò i capelli ancora liscissimi – e di cui era sempre poco convinta – e corse dalla sua amica che l'aspettava in negozio.

«Vieni qui nel retro perché abbiamo roba grossa, ho messo un po' di speck sul vassoio così non diamo nell'occhio.»

«Hai scoperto qualcosa?»

«Poco fa ho ascoltato la telefonata di un cliente... anche se non so se c'entra con questa storia.»

«Cosa diceva?»

«Una cosa del tipo: la roba è di qualità, me l'hanno portata due giorni fa, il carico è sistemato... non posso più aspettare... qui c'è troppo movimento.»

«Cavolo, tutto sembra corrispondere a quello che stiamo cercando. Tu hai le telecamere qui in negozio?»

«Sì, certo.»

«Fantastico.»

«Eh... ma sono finte.»

«Ma come finte???»

«Non ho soldi, il sistema di sorveglianza costava troppo e allora le ho messe finte.»

«E sapresti dirmi chi è quest'uomo?»

«No, ma la voce non mi è nuova... aveva una felpa verde con il cappuccio e occhiali da sole. Non è giovanissimo, sembra un vecchio che fa il giovane. Appena ha ricevuto la chiamata si è subito nascosto nell'angolo delle caciotte. Io l'ho seguito solo per vedere se me ne fregava una... ma lui non le ha toccate. Quando però ha finito la telefonata se n'è uscito di corsa e non ha comprato niente.»

«Be', magari lo individuiamo lo stesso, ora devo andare, ti ringrazio, non parlarne con nessuno, ciao.»

Agata era gasatissima, uscì subito dal negozio per telefonare a Clemente. Un ambulante che vendeva la frutta secca più ordinata del pianeta la osservava incuriosito.

«Ah, sei tu, meno male. Comincio a essere bollito. Dimmi se uno a ridosso della pensione deve avere tutti questi grattacapi...»

«E ora te ne aggiungo uno io: Ingrid ha sentito un tizio al telefono nel suo negozio che cercava di piazzare una partita di droga.»

«Sappiamo chi è?»

«No, indossava una felpa verde e occhiali da sole.»

«Bisogna fare subito un'annotazione di servizio da mettere agli atti. Di sicuro c'entra con la morte di Gabriel perché sul cuscino c'erano tracce di cocaina.»

«Esatto, e anche se le due cose non fossero collegate, almeno proviamo a risolverne una, anche perché i cronisti stanno facendo il nostro stesso lavoro.»

«Ormai parli come un inviato.»

«Credo che sia la fame.»

«Dopo ti va di passare da noi per dei deliziosi crauti cucinati da mia moglie? Tanto ceneremo tardi. E c'è anche un ciambellone bruciacchiato.»

«No, ti ringrazio, con i crauti ho già dato quando vivevo qui... Ora sto un po' con Ingrid che mi ha invitato a casa sua. Si sente in colpa per il casino delle chiavi della villa... non voglio che pensi che io la sfrutti solo per farla parlare, è meglio che vada.»

Così, mentre il maresciallo affidava a Guglielmotto anche la ricerca dell'uomo con la felpa verde, Agata tornò dalla sua amica, che ovviamente voleva sapere un po' di cose.

«So che non vuoi parlare di Günther, anche se stamattina ti abbiamo visto salire sulla sua Porsche... ma è sua o l'ha presa in leasing come fanno in tanti che poi non riescono a pagare le rate?»

«Ma che ne so, Ingrid!»

«Comunque è un lusso. E oggi, alla fine, dove siete stati?»

«Certo che sei peggio della signora Labbate.»

«Chi è?»

«Una di Polignano.»

«Da come lo dici non sembra una bella persona. Comunque, so solo che sei andata in auto con lui, poi sono affari tuoi.»

Quando rientrarono a casa, Ingrid chiuse tutte le finestre perché lei parlava sempre a voce alta, e invitò Agata a spostarsi in una stanza più all'interno, per mostrarle la parte che aveva ristrutturato da poco. Era un appartamento che traboccava di cose, perché Ingrid era un'accumulatrice seriale e aveva approfittato della nuova sistemazione per tirare fuori chincaglierie che spesso comprava nei mercatini e di cui non riusciva a disfarsi. Agata sgranò gli occhi: «E questa?».

In mezzo a quelle che il brigadiere avrebbe chiamato "giargiatule", Agata notò una vecchia scatola di latta un po' arrugginita, di quelle che non si facevano più. Sul coperchio un nome bizzarro: "Mastro Pasticciere".

Agata lo fissò per qualche istante e iniziò a smanettare rapidamente sul cellulare. Non ci poteva credere: «Ecco da dove arriva "Astro"!» esclamò. Aveva lo stesso carattere della scritta sul pezzetto di carta ritrovato da Clemente. Cercò di mostrarsi calma e rilassata e iniziò lei a fare domande.

«Che cos'è Mastro Pasticciere?»

«Era un biscottificio vicino a Vipiteno che faceva dei prodotti eccezionali venduti in tutta Italia. Gestione familiare, gran lavoratori... ma il titolare a un certo punto ha iniziato a giocare e in pochi anni è successo il patatrac. Il biscottificio è andato a fuoco, forse lui voleva prendere i soldi dell'assicurazione, non si è capito bene... fatto sta che ora è un fabbricato abbandonato sulla strada per il confine.»

«Ed è facile da trovare?»

«Perché ti interessa?»

«Non ti posso dire sempre tutto.»

«Ho capito, ho capito. Tanto lo riconosci perché credo ci sia ancora una vecchia insegna, ma dicono sia un posto che porti sfortuna per cui non ci va mai nessuno.»

«Cioè adesso siete diventati scaramantici anche in Alto Adige?»

«Certo, la scaramanzia non conosce latitudini. È un modo infantile per provare ad avere il controllo sulla realtà.»

«Sì, vabbè... io però adesso dovrei andare a un appuntamento.»

«Günther, scommetto...»

«Più o meno. Puoi prestarmi la tua macchina?»

«Solo se me la riporti entro stasera, che dopo cena devo vedere uno che ho conosciuto...»

«Ha i capelli rossi?»

«Ovvio.»

«Tranquilla, ci penso io! Ti aggiorno dopo.»

Agata salì sulla Panda di Ingrid come se fosse la sua e partì in quarta.

Ormai le giornate si accorciavano e lei aveva fretta di trovare al più presto il vecchio biscottificio. La valle stellata aveva assunto un aspetto fiabesco e le luci accese avevano trasformato gli edifici nelle casette di un presepe. L'adrenalina amplificava le sue energie. Avrebbe voluto avvisare il maresciallo, ma preferiva portare prima a casa il risultato. In fondo era una salentina e amava le sorprese.

Ingrid era stata così chiara nelle sue indicazioni che Agata riuscì a individuare il vecchio capannone senza problemi, anche perché era l'unico edificio malandato e anche vagamente pericolante della zona. Le sembrò di scorgere tracce di pneumatici sulla strada sterrata, quindi probabilmente qualcuno era passato di lì. Accese la luce del telefono e si rese conto di non essere neppure attrezzata. Entrò in un posto che sarebbe stato perfetto per un servizio fotografico *urban style* di "Vogue America": vecchi banconi, qualche macchinario abbandonato e soprattutto, sparsi sul pavimento, molti fogli di carta con la scritta "Mastro Pasticciere". Ne prese in mano uno, lo avvicinò alla luce e riconobbe la stessa matrice del foglietto che avevano ritrovato da Gabriel. Diversi indizi dimostravano che qualcuno era passato di lì da poco: un paio di bottigliette d'acqua vuote, qualche mozzicone di sigaretta, un pezzo di tramezzino avanzato.

D'un tratto ebbe l'impressione di udire dei passi, o comunque qualche cosa in movimento, forse un animale. Si fermò e per un attimo le salì la paura. Era da sola, in un posto sconosciuto, con rumori sinistri in sottofondo. E il buio. Tantissimo buio. Aveva bisogno di farsi coraggio perché le stava prendendo una strana sensazione di disagio, così iniziò a canticchiare, convincendosi che quei suoni fossero solo nella sua mente.

Cercò di rallentare il respiro e rimase immobile, in silenzio, con gli occhi spalancati. Tirò fuori la pistola, ma sembrava di nuovo tutto tranquillo. Riprese a camminare con una certa circospezione, ma ecco che i rumori ricominciarono. Era sempre più convinta che si trattasse di un animale. Di nuovo fu presa dalla paura. Il cuore le batteva così forte che non era in grado di capire se quelli che sentiva fossero dei passi o i suoi battiti. Poi li sentì sempre più vicini. Non fece in tempo a voltarsi che venne spinta a terra da qualcuno che aveva iniziato a correre nel buio, aiutato da una pila. Agata si rialzò e cercò di inseguire lo sconosciuto gridando «fermati!» e facendosi guidare dalla luce del suo telefonino, ma era troppo veloce e lei non riusciva a tenere il passo. D'improvviso il terreno parve non sostenerla più e di colpo avvertì la sensazione che provava da bambina quando si tuffava nel mare di Tricase: secondi di vuoto che sembrano eterni. Ma lì c'era l'acqua a proteggerla, mentre qui la brigadiera si trovò a tu per tu con il pavimento sprofondando a tre metri di profondità.

La torcia si spense, e Agata vide solo nero.

28

Quando riaprì gli occhi, Agata capì di avere rischiato grosso. Per fortuna aveva perso i sensi per pochi secondi e miracolosamente non si era rotta niente. Solo il polso le faceva male, ma riusciva a muoverlo. Il suo telefono non si era spaccato e adesso era la sua ancora di salvezza. Peccato che non ci fosse campo, per cui poteva utilizzarlo solo come torcia. Si rialzò e si rese conto di essere in una stanza sotterranea, costruita come una botola che, di fatto, era una specie di laboratorio segreto: intorno a sé individuò piccole bilance, cellophane, carta stagnola, cucchiaini.

Il dolore non le permetteva molti movimenti. Provò ad arrampicarsi per cercare di uscire ma non c'erano appigli e comunque le mancavano le forze. Poteva solo aspettare. Si abbandonò in un angolo, sospirò e disse: «Sono una cogliona».

Sapeva però che Ingrid prima o poi avrebbe avuto bisogno della macchina per andare dall'uomo dai capelli rossi, e avrebbe lanciato l'allarme. Non vedendola, infatti, l'amica si era prontamente presentata in caserma e aveva incontrato un Clemente in ritardo che stava tornando a casa con mille pensieri a mangiare i suoi crauti.

«Mi spieghi bene, ha parlato ad Agata di un biscottificio abbandonato e subito dopo lei le ha chiesto l'auto in prestito?»

«Sì, ma non mi ha detto che andava lì.»

«Va bene, ma conoscendola è più che probabile. Lei ci sa portare in quel posto?»

«Certo. Se me lo diceva ci potevamo andare tutti insieme.»

Prima di irritarsi, il maresciallo chiamò a rapporto Guglielmotto che lo raggiunse in pochi istanti. Tempo zero e salirono tutti sulla sua macchina alla ricerca della brigadiera perduta.

Mentre erano per strada, Ingrid ci tenne a precisare che grazie a lei avevano scoperto cosa fosse quel foglietto di carta – altro che l'amico grafico! – e si prese più meriti di quanti ne avesse. In realtà, era preoccupata per i guai che rischiava di correre per aver custodito le chiavi di una casa non sua.

Quando arrivarono al vecchio capannone, la prima a tirare il fiato fu proprio lei perché vide la sua Panda posteggiata fuori, anche se il fatto che la sua amica non ci fosse continuava a lasciarle addosso una certa tensione.

Clemente e Guglielmotto le chiesero di rimanere fuori, estrassero le pistole e si avventurarono con circospezione all'interno dell'ex biscottificio, lasciando che a guidarli fosse la loro torcia. Appena gridarono «Agata!», una vocina lontana rispose da quella che era diventata la sua prigione.

La brigadiera emise un sospiro di sollievo, mentre si teneva il polso ripetendo «attenzione a non cadere» con un tono quasi genitoriale. Il maresciallo si trattenne a fatica dal dirgliene quattro perché non gli sembrava il momento, soprattutto vedendola così in difficoltà.

Fu il brigadiere a prendere in mano la situazione: vide una scala a pioli buttata in un angolo, la afferrò e la calò nella buca. Appena scese, Agata ebbe un momento di debolezza e lo abbracciò forte: si era presa un bello spavento. Era stata comunque fortunata e un po' lo sapeva, ma era felice che quel suo incidente avesse portato alla luce due cose: la base per la lavorazione e lo smercio della droga, ma soprattutto la prova evidente che chi era entrato in casa di Gabriel era stato in quel luogo. "Astro" veniva da lì.

Anche Clemente volle scendere a dare un'occhiata, sebbene la luce della sua torcia non fosse il massimo. Cercò innanzitutto di capire se il polso di Agata fosse rotto o solo slogato, ma non aveva gli strumenti per poter dare una risposta, per cui si limitò a dirle con tono burbero «cerca di non muoverlo troppo». Già che c'era, continuò a perlustrare lo spazio circostante mentre Guglielmotto sistemava la scala.

Fu in quel momento che al maresciallo saltò all'occhio una medaglietta d'argento rettangolare, un po' usurata e graffiata, su cui si leggeva la lettera "B". La raccolse e la mise in tasca facendo un cenno d'intesa ad Agata.

Ingrid, nel frattempo, appena aveva sentito la voce dell'amica aveva abbandonato la sua postazione e si era precipitata da loro.

«Ti avevo detto che questo posto porta sfiga, ma tu sei sempre testona!»

Agata abbozzò solo «perdonami, Ingrid!» e non ebbe la forza di ribattere. Le restituì le chiavi dell'auto ed ebbe la prontezza di chiederle se fosse ancora in tempo per il suo appuntamento galante: «Io ci provo, vediamo. Se è amore, sarà paziente» rispose Ingrid senza molta convinzione.

Dato che Agata non voleva saperne di andare al pronto soccorso, Clemente chiamò Felicetta per avvertirla che sarebbero passati da casa e le chiese di munirsi subito di ghiaccio e di una fascia elastica. Lei si fece trovare davanti al cancello spalancato e accolse un po' in apprensione la sua squadra prediletta. Per fortuna non pareva nulla di grave. Fece una bella fasciatura al polso di Agata che le permetteva di muovere il braccio quasi liberamente.

L'ora di cena era passata da un pezzo e Felicetta non aveva il coraggio di servire i crauti. Nella stanza dove di solito dipingeva le ceramiche, che si affacciava sul roseto secco e la piccola stella alpina, aveva sistemato un tagliere con un po' di formaggi, perché malgrado tutto restava dell'idea che con la pancia piena di cose vietate venissero idee migliori.

Il maresciallo tirò fuori dalla tasca la medaglietta tutta ammaccata. Non c'era scritto nessun nome, né una data, solo la lettera B.

«Secondo voi è da uomo o da donna?»

«È unisex, ma la cosa che mi viene da dire è che il proprietario l'ha indossata per molto tempo... si capisce da quanto è consumata.»

Agata, come sempre, ragionava ad alta voce.

«Chi delle persone che hanno avuto a che fare con Gabriel ha il nome che inizia con B?»

Guglielmotto non vedeva l'ora di rispondere, pignolo com'era nell'annotarsi tutto.

«Be', direi che ce ne sono un po'... la tipa della birreria Barbara Kessler, il carrozziere Benno Moser, il custode Bruno Sinner e il travestito Biagio Rossi.»

«Quello che mi convince di meno è Benno. E di sicuro non mi vedo la Kessler che va a prendere la droga in un posto come quello... e poi non me la vedo a sparare.»

«Perché dici questo, Agata?»

«So che non è un pensiero razionale, ma tu mi hai sempre detto che alla fine l'istinto è un'arma micidiale.»

Ormai era sera e solo Clemente aveva ancora la forza e l'entusiasmo per continuare a pensare al caso. Guglielmotto aveva un mezzo appuntamento segreto con la Calabrese e Agata era attesa a casa di Günther. Ovviamente erano ufficialmente entrambi molto stanchi.

Rimasto solo, il maresciallo si mise in camera da letto e finalmente si concentrò sulla cartellina con le foto delle immagini riprese dalle telecamere. Si soffermò sull'auto di Bruno. Era stata intercettata da entrambi i dispositivi, una volta alle 10.10 e l'altra alle 10.15, il che combaciava con il suo racconto, ma qualcosa non gli tornava. Guardava e riguardava le due foto, entrambe piuttosto sfocate, ma ciò che non lo convinceva in una delle due era la luce. Alle 10.15 a Bressanone il sole a settembre non è così forte, soprattutto in via Plose. Il fotogramma di Ciro, che aveva sempre detto di essere arrivato a piedi alle 11.40, segnava le ore 10.45. E anche lì la luce era almeno di un'ora dopo. Ciro era effettivamente arrivato alle

11.40 come aveva detto, mentre Bruno probabilmente doveva essersi fermato di più nella villa. Richiamò subito il brigadiere, che non aveva fatto in tempo a entrare in doccia e tornò di corsa dal maresciallo.

«Giuseppe, a me questa telecamera non convince per niente, la vedi? Non possono essere passati solo cinque minuti tra un fotogramma e l'altro.»

Guglielmotto non vedeva particolari differenze, ma Clemente veniva da Polignano, dove il blu era stato dipinto di blu e lui ne conosceva i segreti e le sfumature.

«Devi chiedere al più presto a un informatico di verificare se c'è stato un errore nella trasmissione dei dati e se l'orario della seconda telecamera è esatto.»

«A quest'ora?»

«A quest'ora. È un'emergenza, sono passati quattro giorni e ancora non ci abbiamo capito un cazzo. Ci stiamo facendo una figura di merda, dicono che siamo i soliti terroni perditempo.»

«Ha ragione maresciallo, ci metto pochissimo.»

Clemente sorrise amaro e pensò che alla fine le cose se le doveva risolvere lui: i collaboratori ti possono aiutare, certo, ma la verità se la deve andare a prendere solo chi la vuole veramente.

In attesa di conoscere il verdetto, tornò a trovare il bravo Lupin, che se riuscivi a motivarlo era sempre pronto a darti una mano. Sapeva che sarebbe stato fino a notte fonda e infatti era lì concentrato a condividere su Facebook un video di molfettesi residenti nel New Jersey che impastavano la pizza per strada.

«*Ce sì bell'...*» diceva. E Clemente, un po' perché era spossato e un po' perché non voleva innervosirsi, pensò che non ci fosse nulla di più convincente di una velata minaccia: «Amico mio, qui noi siamo ancora in alto mare... occhio che avviso la finanza e se scoprono che emette pochi scontrini le possono anche far abbassare la saracinesca.»

Lupin capì al volo il messaggio.

«Cosa vuole sapere?»

«È stata rubata una calibro 22... e anche un Telegatto, pare.»

Lupin s'illuminò.

«Ah, ma non solo il Telegatto... il vero colpo sono state le zanne di elefante, perché lei non ci crederà, ma sul mercato nero vanno a ruba.»

«Come le zanne di elefante?»

«Lei parla del furto a casa dei suoi vicini, vero? Markus con i camperos e Magda che sembra uscita da un film di Verdone, giusto?»

«Esatto.»

«È stato fatto su commissione. Cercavano le zanne perché sapevano che il tipo le custodiva in casa anche se erano vietate.»

Il maresciallo era basito e si domandava come Magda non se ne fosse mai accorta, mentre Lupin continuava: «I ladri però hanno trovato anche una pistola, una calibro 22, e credo l'abbiano venduta a un trafficante di Millan ma non so esattamente a chi... mentre il Telegatto se vuole ce l'ho io».

«Cosa?»

«Eh, sì... ma quando ci ho letto sopra il nome di Gabriel Manero ho pensato che fosse meglio lasciar perdere. Poi l'hanno pure ammazzato e davvero non sapevo cosa farne. Aspetti che glielo restituisco, tanto su eBay non vale più di trecento euro.»

Lupin andò sul retro e gli consegnò il Telegatto vinto secoli prima da Gabriel per *Todo corazón*.

«Adesso però lei deve fare una cosa per me, se non vuole finire nei guai, Lupin.»

«Ai suoi ordini, maresciallo.»

«Deve scoprire a chi ha venduto quella pistola la banda di Millan, poi parleremo anche del Telegatto.»

«Eh ma quella è gente tosta, io non so se riesco...»

«Ce la può fare. È di Molfetta. Non può fallire.»

Di tutte le cose che il maresciallo avrebbe potuto dirgli, aveva scelto per istinto la più convincente.

29

Fu una telefonata alle sei e mezzo del mattino, poco prima del gallo, a tirare giù dal letto il maresciallo. Era Mimmo, che era riuscito a violare la crittografia e a sbloccare definitivamente tutti i dati dell'iPhone intrappolato nel divano della Villa delle ombre.

«Ce l'ho fatta, ce l'ho fatta, cazzo! Il nuovo sistema criptato è un casino, ma ho chiesto aiuto a mio figlio, abbiamo usato un nuovo software e insieme ci siamo riusciti. Mi sto facendo vecchio.»

«Chiedere aiuto è tipico delle persone intelligenti, non dei vecchi.»

«Vabbè, sorvoliamo. Comunque il telefono era proprio di Gabriel e lo usava per gli amici della Colombia. Ho trovato dei messaggi molto interessanti e sto scaricando le chat. Ce la fai a venire subito da me a Elvas?»

«Certo. Salto in bici e arrivo.»

«Con quella elettrica, spero.»

«Mai, tanto ormai sono allenato.»

Clemente si affacciò e vide sua moglie in giardino che si prendeva cura del roseto e quasi si commosse. Poi allungò lo sguardo per vedere se Magda o il marito pistolero fossero in casa, invece era tutto silenzioso. Dopo le ultime vicende quei due non stavano quasi mai in giardino.

Mimmo abitava in un piccolo maso circondato dal verde, tra

vigneti e colline a Elvas, l'aveva acquistato perché un suo vecchio parente pizzaiolo, emigrato molti anni prima, l'aveva preso a poco prezzo per farci andare a vivere la madre, che poi era mancata. E al Nord, soprattutto nel Nord più sperduto, i meridionali si aiutano sempre.

Il maresciallo fece una piccola sosta davanti al Wetterkreuz, una grande croce di legno sulla strada. Gli dava l'impressione che custodisse i segreti dei viandanti, un po' come quella sullo scoglio dell'Eremita di Polignano: erano entrambe talmente integrate nel paesaggio da suscitare emozione anche in chi non era religioso. Clemente però aveva un caso da risolvere per cui, dopo aver ripreso fiato, arrivò spedito da Mimmo pretendendo subito un bicchiere d'acqua e un caffè.

«Allora, cosa mi dici?»

«Be', che fosse il telefono di Gabriel l'avevamo già capito. Acquisendo le chat di WhatsApp, però, sono riuscito a scoprire alcune cose importanti sui suoi ultimi mesi di vita, anche se molti messaggi sono in spagnolo... ma come sempre l'amico Google ci dà una mano.»

«Cos'è venuto fuori?»

«Praticamente aveva un'amica e confidente, Felicia, a cui raccontava tutto. Si capisce che viveva questa avventura all'"Isola dei Famosi" come l'occasione che gli avrebbe cambiato la vita. Stava per passare a una nuova agenzia e aveva la sensazione che il suo impresario gli stesse fregando dei soldi... Ed esagerava anche sulla popolarità del programma, sembrava che stesse per condurre Sanremo.»

«E vabbè, ci sta.»

«Però c'è un messaggio recente che mi ha turbato: ha confessato all'amica di non sapere quanto tempo gli sarebbe rimasto da vivere... aveva avuto una diagnosi terribile che gli dava pochi mesi di vita. Perciò aveva deciso di non farsi curare e di vivere tutto al massimo.»

«Ecco perché ha fatto testamento e ha voluto finire le cose in grande. Come se lo avesse programmato. Poveretto. Hai notato altro?»

«Molte foto di piedi.»

«Di piedi?»

«Sì.»

«Ma anche di questa tizia?»

«No, con lei solo confidenze. Credo che Gabriel fosse un feticista dei piedi femminili... alle sue fan in Sudamerica chiedeva con insistenza le foto dei piedi.»

«E loro?»

«E loro gliele mandavano. Una tipa, ad esempio, gli ha mandato i suoi qualche ora prima che venisse ammazzato.»

«Com'è bizzarra la vita. Passi molto tempo a farti una reputazione, e l'ultimo messaggio che ricevi è la foto di un piede con l'alluce valgo. Non ci sono invece riferimenti a droghe, spaccio o cose simili?»

«No, solo piedi, un po' di solitudine e i messaggi a Felicia. Se scopro qualcos'altro ti dico, tanto qui c'è tutto, finalmente...»

«Ci conto. Io corro in caserma perché il brigadiere forse ha già fatto una verifica importante per noi.»

Per fortuna dal maso di Mimmo la strada era tutta in discesa, anche se Clemente doveva stare attento a non farsi distrarre dal paesaggio. Si sentiva un adolescente: niente come una corsa che ti scompiglia i capelli può darti quella sensazione che assomiglia alla felicità. Al suo arrivo trovò Guglielmotto con Rossella Sartori che si era presentata spontaneamente in caserma per fare una dichiarazione:

«Il giorno prima dell'arrivo di Gabriel a Bressanone ho aperto la sua villa a Benno Moser.»

«Il carrozziere?»

«Esattamente. Diceva di esserci andato con una donna che aveva dimenticato un anello, così mi ha detto... e voleva trovarlo senza scomodare Bruno. A me è sembrato un po' strano, ma conosco Benno dai tempi dei Salomon e così gli ho dato una mano... visto che avevo ancora le chiavi e lui lo sapeva... sarà rimasto in casa sì e no dieci minuti.»

«L'anello l'ha trovato?»

«Ha detto di no e che non importava... una reazione strana se penso a quanto aveva insistito per entrare.»

«Ecco perché aveva detto di aver fatto una cazzata. E perché ha aiutato Benno?»

«Per gratitudine. Quando Gabry mi lasciò fu l'unico a starmi vicino e senza mai provarci. Non l'ho dimenticato.»

«Invece mi spieghi perché pensava di aver diritto a comprare la villa.»

«Perché dopo la storia con Gabry non sono mai stata veramente felice, e pensavo che quella villa potesse essere una sorta di risarcimento. È un pensiero romantico della mia mente contorta, lo so.»

Il maresciallo avrebbe voluto approfondire meglio quel discorso ma il brigadiere aveva di nuovo urgenza di parlargli. Quindi fece firmare a Rossella Sartori la sua dichiarazione mentre ripensava a tutto quel viavai di persone nella villa a ridosso dell'omicidio.

Rimasto solo con Guglielmotto ebbe finalmente la prova che aspettava: la seconda telecamera aveva avuto un guasto tecnico e non era stato completato l'aggiornamento dell'orario, per cui aveva registrato le immagini con un'ora e qualche minuto di ritardo.

«Quindi Bruno è sì passato con l'auto alle 10.10 davanti al ponte Widmann come ci ha detto, però non è andato via subito dopo aver lasciato la spesa sulla porta, ma si è fermato fino alle 11 passate... proprio nel lasso di tempo in cui Gabriel è stato ammazzato.»

«Cavolo, maresciallo... e la medaglietta ha l'iniziale B! Che faccio, lo convochiamo subito e lo facciamo crollare?»

«Vai.»

Guglielmotto prese la sua agendina e digitò il numero di telefono di Bruno, ma a rispondere fu suo figlio Andreas.

«Hallo?»

«Salve, sono il brigadiere Guglielmotto, parlo con il signor Bruno?»

«No, sono suo figlio... mio padre si è scordato il telefono, ogni tanto gli capita. È una cosa urgente?»

«Non particolarmente, ma gli dica di chiamare me o il maresciallo Clemente appena rientra. Posso chiederle dov'è andato?»

«A consegnare delle sedie per conto mio... ma credo che rientri per fine mattina.»

«E perché non le ha consegnate lei?»

«Perché ne sto finendo altre e mio padre mi sta dando una mano... ama restare attivo, altrimenti dice che è da buttare.»

«Ho capito, allora lo risentiamo presto.»

Il maresciallo, che aveva ascoltato tutta la telefonata in vivavoce, fece una faccia perplessa e iniziò a disegnare triangolini su un foglio. A volte, per concentrarsi, scarabocchiava.

Qualcosa continuava a non tornargli. Il suo telefono vibrò. Era un messaggio di una parola sola: "Benno".

Gliel'aveva mandato Lupin. La calibro 22 era stata venduta a lui. Dopo tanto pensare, era giunto il momento di agire. Allertò la centrale, avvisò il brigadiere, indossarono il giubbotto antiproiettile, presero pistole e manette e si fiondarono con altre due pattuglie a beccare il vecchio metallaro.

Intanto, Agata era ancora felicemente abbandonata sul petto del suo Günther che la rassicurava. Anche per lei, la pace durò poco perché Ingrid, da brava detective mattiniera, la chiamò e senza troppi preamboli le annunciò di aver scoperto chi era «il tipo con il cappuccio».

«Quale tipo e quale cappuccio?»

«Agata?»

«Sì...?»

«Scommetto che sei ancora a letto con Günther e stai limonando.»

«Ma cosa dici...»

«Be', dai, non mi freghi. Se a quest'ora sei ancora mezza addormentata sono sicura che sei con lui, perché non puoi non ricordarti del tipo sospetto che diceva cose strane nel mio negozio.»

Agata tornò alla realtà in un istante.

«Ma certo... quello che parlava di droga.»

«Esatto. Sono sicura di averlo riconosciuto, perché l'ho appena incontrato per strada: non aveva gli occhiali, ma la felpa verde sì. Ed era un po' di fretta...»

«Cavolo, l'hai fotografato?»

«No, ma ho capito chi è.»

«Dimmelo allora.»

«È Benno Moser, il carrozziere. Vuoi che provi a seguirlo?»

«No, stai ferma lì che avviso subito Clemente. Intanto grazie, sei un mito!»

Appena mise giù, con i capelli sempre meno lisci, Agata lo chiamò e gli comunicò quella scoperta importantissima.

«Fantastico. Stiamo già andando da lui con i rinforzi... aveva anche comprato la calibro 22 sottratta a Markus Gasser.»

«Bravo, non farmi preoccupare e aggiornami.»

Il maresciallo chiuse la telefonata con la sensazione di avercela finalmente fatta. O quasi.

30

Quando le pattuglie arrivarono davanti alla carrozzeria di Benno la trovarono chiusa. Anche l'abitazione sopra al capannone appariva deserta. Era abbastanza evidente che lui non fosse in casa: dopo un'attenta ricognizione decisero di sfondare la porta e si trovarono in un appartamento un po' in disordine, con alcuni cassetti aperti in camera da letto e la sensazione che il carrozziere fosse scappato via. Sul tavolo, una busta trasparente con della polvere bianca all'interno.

«Ha lasciato qui la cocaina ed è fuggito.»

Quella che per il maresciallo poteva essere una sconfitta, divenne una nuova sfida: quell'uomo andava fermato.

La Calabrese mise subito in atto il piano di emergenza coinvolgendo la sede di Bolzano, che in un attimo azionò una macchina molto ben oliata.

Affacciandosi alla finestra della camera di Benno, Clemente rivide la vicina tirolese che annaffiava le piante. Se solo fosse stata più collaborativa avrebbe facilitato le cose, perché la telecamera che controllava il suo gatto inquadrava pure quel tratto di strada.

«Guglielmotto, ma le immagini della simpaticona quando le avremo?»

«Mimmo mi aveva detto stamattina, ma a questo punto vado da lui direttamente così ti dico.»

«Ma scusa, hai affidato anche questo compito a Mimmo?»

«Per forza. Quando ieri sera ho chiamato il nostro tecnico non mi ha risposto e così l'ho cercato... e mi ha assicurato che ce l'avrebbe fatta.»

«Intanto mi ha appena scritto la Calabrese per comunicarmi altre due cose: Karin Loefer è stata ripresa alla stazione di Bressanone la mattina del delitto e l'impresario è sparito.»

«È scappato?»

«Ufficialmente aveva detto che doveva andare a Milano, ma in questo momento la sua auto sta procedendo in autostrada nella direzione completamente opposta.»

«Fantastico, ci mancava pure lui. Avvertiamo subito la polizia di frontiera e l'Interpol.»

La mattinata era iniziata bene, ma più ci si avvicinava alla verità, più questa si trasformava in un boomerang perché sia Benno che Ciro avevano avuto il tempo di organizzare una fuga, e di questo il maresciallo si sentiva responsabile. Solo Bruno era rientrato a casa e si era fatto vivo, per cui non sembrava avere qualcosa da temere.

Nell'attesa di decidere esattamente che strategia attuare, Clemente si rese conto che aveva dimenticato i suoi appunti preziosi in camera, da cui era scappato senza farsi una doccia e nemmeno colazione. Quindi lasciò solo Guglielmotto, mandò una nota vocale ad Agata e fece un rapido ritorno in via della Frana, per la gioia della vicina che lo guardò con occhi benevoli: si era già sparsa la voce che stessero cercando Benno e questa cosa l'aveva sollevata, anzi, ne approfittò per offrirgli qualche scatoletta di cibo che il suo cane aveva difficoltà a digerire e che invece Brinkley si sarebbe sbafato in cinque minuti.

Appena Felicetta vide lo sguardo provato di suo marito pensò che ci volesse un caffè.

Dopo averlo bevuto d'un sorso, il maresciallo chiuse gli occhi, e come in un film gli riapparvero i fatti degli ultimi giorni: il notaio e il testamento, la scoperta del travestito che in piena notte era andato a trovare la vittima, la pistola rubata di Markus, le stanze affittate di nascosto da Bruno, la droga trovata in casa della vittima, le telecamere con gli orari sbagliati.

«Pensi che riuscirò a risolvere questo caso, Felicetta?»

Il maresciallo Clemente guardò sua moglie in attesa del verdetto.

«Certo, perché il colpevole commette sempre un errore.»

«E se non sbaglia niente?»

«Ci sarà sempre qualcuno che lo vede. E comunque se non ce la fai ti lascio e me ne torno a Polignano.»

Clemente prese quella risposta sul serio. Si buttò sotto la doccia e cercò di farla fredda perché lo aiutava a schiarirsi le idee. Mentre si asciugava, dalla finestra vide che sua moglie si era ferita un dito potando le rose. Teneva il dito in bocca per non farlo sanguinare, ma era evidente che fosse un bel taglio, per cui si mise una tuta e scese in cucina dove lei stava trafficando con la scatola del pronto soccorso. La ferita era piccola ma profonda e continuava a sanguinare. Vedendo quelle gocce, un dubbio importante fece capolino nella mente del maresciallo. L'unico modo per toglierselo era fare una verifica all'ospedale di Bressanone. Chiamò il medico del pronto soccorso che era giunto in ritardo con l'ambulanza da Gabriel Manero. Era ancora così mortificato per quella faccenda che, quando ascoltò la richiesta di Clemente, decise di dargli una mano anche senza i permessi necessari: «Mi lasci il tempo di controllare e le dico» gli disse, e lui rimase lì a guardare sua moglie con il dito fasciato.

«Mannaggia a te che mi fai spaventare... ma forse è proprio grazie a te che arriviamo a capo di tutto.»

Nel frattempo, Guglielmotto si trovava dall'instancabile Mimmo, che aveva appena scaricato le immagini della telecamera della signora scorbutica e non poteva credere ai propri occhi. Aveva davanti a sé chi, molto probabilmente, aveva ammazzato Gabriel. Non ebbe il coraggio di scriverlo al maresciallo, lo supplicò solo di raggiungerlo al più presto.

Clemente stava per uscire di casa, quando il medico gli diede l'informazione che gli aveva chiesto. Appena arrivò al maso di Mimmo, prima di vedere le immagini, scrisse su un foglio il nome di chi secondo lui aveva commesso l'omicidio. E, ancora una volta, non si sbagliò.

31

«Ce l'ho fatta, Felicè, ce l'ho fatta! L'incubo è finito.»

«L'ho capito dalle sirene, non ne avevo mai sentite così tante qui...»

Il maresciallo, dopo aver arrestato il colpevole, aveva voluto condividere subito quel risultato con la donna che da una vita sapeva come stargli accanto.

Perché in amore non basta che una persona ti stia vicino, dipende anche da come lo fa. E Felicetta riusciva a essere presente senza essere petulante, lo aveva motivato senza mettergli ansia, gli aveva fatto il ciambellone al posto dei crauti. Così come il maresciallo sapeva quanto fossero importanti le ceramiche e le sue piante, in particolare la stella alpina.

Durante l'indagine, lei aveva finto che tutto fosse normale concentrandosi sulle sue tazze e i fiori, ma in fondo aveva vissuto ogni notizia, ogni indizio con la speranza che potesse condurre suo marito alla soluzione del caso: perché lei sapeva quanto sarebbe stato importante per lui risolverlo e avere un giusto riscatto per quel trasferimento che aveva subito come un'ingiustizia. Avrebbe ritrovato un po' di autostima e, forse, quegli occhi verdi sarebbero stati meno malinconici. E così, prima di sapere tutto, gli chiese di sedersi sulla sua poltrona di vimini, gli fece allungare le gambe, gli tolse le scarpe e cominciò a massaggiargli i piedi. Era una cosa che faceva piacere a lui ma soprattutto a lei, che aveva bisogno di un contatto per una volta senza fretta, perché anche Felicetta aveva diritto di sapere la verità.

«È stato Andreas, il figlio di Bruno Sinner.»

Felicetta non se lo aspettava.

«Chissà perché ero convinta che fosse Benno.»

«Ci sei andata vicina perché anche lui è coinvolto in questa storia, ed è stato arrestato... ma se sono arrivato alla soluzione è proprio grazie a te, come sempre.»

«Cioè?»

«Stamattina, quando ti sei tagliata e hai iniziato a sanguinare... mi è venuto in mente che sulla medaglietta che abbiamo trovato ieri sera nel capannone era incisa la lettera B, e ho pensato che potesse non essere l'iniziale di un nome, ma il gruppo sanguigno! Solo una persona a rischio di trasfusioni l'avrebbe indossata sempre, e Bruno ci aveva detto che suo figlio soffre di talassemia. Così ho chiamato il medico dell'ospedale che aveva soccorso Gabriel e mi ha confermato che il gruppo sanguigno di Andreas Sinner è il B. Nel frattempo la telecamera della vicina di Benno aveva catturato proprio il momento in cui Andreas, con la macchina di Bruno, era passato in carrozzeria per prendere la pistola prima di andare alla villa.»

«Ma mi avevi detto che dall'analisi dei tabulati il telefono di Andreas risultava essere a casa sua all'ora del delitto.»

«Infatti anche lui, come Gabriel, aveva due telefoni, e quando commetteva atti illeciti uno lo teneva a casa. L'altro l'abbiamo trovato perquisendo la sua abitazione dopo averlo arrestato.»

«E ha confessato?»

«Subito. Ha capito che non aveva scampo.»

«Tu però devi spiegarmi il movente perché non l'ho mica capito.»

«Te la faccio breve perché sono un po' cotto, quindi magari mi perdo qualcosa. Allora: la casa di Gabriel era disabitata e, senza dirselo, padre e figlio la usavano per farci gli affari loro. Bruno affittava le stanze alle coppie clandestine che entravano indisturbate dal retro, il figlio ci nascondeva la droga dopo un primo passaggio al vecchio biscottificio.

Benno aveva la carrozzeria lì dietro ed era suo complice: attrezzava le auto con il doppiofondo per i corrieri, ma aveva avuto l'idea di fregare un piccolo sacchetto di droga ad Andreas pensando che non se ne sarebbe accorto. Così, prima che arrivasse Gabriel aveva chiesto a Rossella, sua amica di gioventù, di aprirgli la villa visto che lei da quarant'anni conservava le chiavi. Ma quando Gabriel decide di fermarsi a dormire dopo il concerto gli scombina tutti i piani.»

«E certo, saranno andati nel panico.»

«Più che altro, come spesso succede nelle disgrazie, sono capitate una serie di coincidenze che alla fine hanno portato a questo tragico epilogo. Perché se Gabriel non avesse scoperto la droga, probabilmente sarebbe ancora qui con noi.»

«E lui come avrebbe fatto?»

«Quello che ti dico un po' lo deduco, un po' lo so dalla confessione di Andreas e dalle testimonianze delle altre persone.»

«Vai.»

«Partiamo da fine serata. Gabriel si incontra con il travestito a casa sua, fanno le loro cose, sbevazzano, lui dorme lì. Il mattino dopo, Gabriel gli dice che non trova il suo secondo telefono e il travestito gli consiglia di farlo squillare. Lui fa suonare il telefono colombiano che gli è caduto nel divano, e mentre lo cerca nota che uno dei cuscini ha una consistenza un po' strana e scopre la droga. Chiama subito Bruno perché è il custode della villa, ma lui ha dimenticato il telefono a casa e risponde il figlio... la famosa quarta chiamata che Bruno non ricordava di aver ricevuto. Gabriel gliene dice di tutti i colori e gli urla che sta per chiamare la polizia. Andreas lo convince ad aspettarlo che sarebbe arrivato a breve. Poco dopo suo padre rientra a casa, lui gli frega la macchina, passa dal carrozziere, prende la pistola e mentre Gabriel lo sta portando nella stube per fargli vedere cosa ha scoperto, lo fredda con un colpo della calibro 22.»

«Cavolo. Ma quindi dove è passato per andare alla villa che non ci ho capito niente con la storia delle telecamere?»

«Quella è stata la cosa che più ci ha tratto in inganno, perché la seconda telecamera era indietro di un'ora. Quindi alle 10.10 la prima telecamera riprende l'auto di Bruno, e dentro c'è lui, che porta le cose che Gabriel ha chiesto. Ma dopo averle lasciate davanti alla porta, il custode esce con l'auto dal retro, dove non ci sono controlli, e va a recuperare le chiavi che aveva la Kessler vicino al vivaio nei pressi della Durst. Dopo quasi un'ora su quella macchina c'è suo figlio Andreas che invece entra nella villa dal retro, dopo aver preso la pistola dal carrozziere, e poi esce dal cancello e viene catturato dalla seconda telecamera, quella con l'orario sbagliato. E pure Ciro l'impresario aveva detto la verità sui suoi spostamenti, peccato che anche lui non fosse proprio un esempio di integrità.»

Felicetta si mise per un attimo a ridere.

«Ma qui alla fine la più onesta è quella cornuta della nostra vicina di casa...»

«Dici?»

«Suo marito teneva in casa zanne di elefante, un Telegatto rubato e un'arma che gli fregano e neanche sporge denuncia; se la fa con la Kessler, che tradisce il chirurgo plastico e lo fa nella casa di Gabriel; la sorella Paula si fa intestare tutto dal padre in punto di morte; l'impresario si frega trentamila euro e cerca di scappare in Austria.»

«Lasciamo perdere il notaio, che non sapremo mai se ha rivelato alla sorella che era stata diseredata... visto che era andato a comprare da lei il vino subito dopo aver incontrato Gabriel. Però ci restano due persone innocenti: la prima fidanzata, Rossella, e Karin, l'autrice delle canzoni.»

«Due donne, guarda caso. Almeno Karin eredita... l'altra si ritrova il primo fidanzato ucciso dal suo ultimo compagno. Qui dobbiamo fare un comitato e portarla a Lourdes.»

Il maresciallo si lasciò andare a un sorriso amaro perché davvero non aveva più la forza né le parole. A un certo punto, mentre continuava a fare elucubrazioni sulla bassezza del genere umano, Felicetta si rese conto che suo marito le stava rispondendo a monosillabi da un po'. Si era addormentato e aveva cominciato a russare. Lei lo guardò con un'unica certezza: era il vincitore morale di questa brutta storia. Finalmente c'era un colpevole e su Bressanone, anche se erano arrivati i nuvoloni, si era vista di nuovo la luna.

32

Clemente e Felicetta si svegliarono per una volta con una sensazione di piacevole pigrizia. La triste storia di Gabriel Manero li aveva spossati, perché entrambi avevano vissuto quella disavventura mettendoci dentro molto del loro vissuto.

Il maresciallo, in particolare, era stato anche sul punto di mollare tutto, ma la sua perseveranza, il suo intuito e il sapersi affidare alle persone giuste lo avevano portato alla soluzione del caso e alle cronache nazionali.

Se c'era una cosa da cui Gino Clemente fuggiva, però, era il consenso dei media, perché lui voleva gloria e giustizia solo per i suoi concittadini. Ormai li poteva chiamare così, i brissinesi. Si erano rivelati acuti e generosi, e quella mattina uno di loro si era addirittura offerto di portarlo con Felicetta a fare un giro sulla Plose, la meravigliosa montagna che domina Bressanone e i cieli di quell'angolo ancora incontaminato dell'Alto Adige. Quella persona era Günther, che Agata aveva convinto a regalare ai coniugi Clemente una gita in alta quota con la guida di un vero montagnino.

Dopo i primi tentennamenti – ma solo perché non aveva confidenza – aveva detto «*Ja*» organizzando addirittura un picnic.

Agata aveva invitato anche Guglielmotto, in realtà, ma lui, dopo aver definitivamente liquidato la segretaria del notaio – non era pronto ad affrontare le intolleranze a tavola –, stava portando la Calabrese a mangiare gli agnolotti a quaranta chilometri di distanza. Quindi le aveva detto semplicemente «A posto così» senza aggiungere troppe spiegazioni, da vero sabaudo.

La più emozionata era Felicetta, mentre il maresciallo riempiva lo zaino come se dovesse partire in missione con Reinhold Messner, mettendoci dentro di tutto: cerotti, borracce, coltellini svizzeri, guanti, maglie termiche, insomma un negozio di Decathlon in miniatura. Brinkley era invece stranamente quieto, o forse si era semplicemente rilassato come il suo padrone. Dato che tutti e quattro sulla Porsche non ci stavano, l'appuntamento era in cima alla funivia, per cui – pronti per quello che per loro era l'Everest – lasciarono casa di prima mattina sotto gli occhi curiosi della vicina.

«Che bello vedervi uscire una volta tutti e tre... il vostro pet vi ringrazierà!»

«È anche merito suo, signora Magda...» disse Clemente per compiacerla, o forse per sfotterla, ma come sempre il pugliese che era in lui prese il sopravvento: «La prossima volta facciamo un giro anche con voi e Donald, se le fa piacere.»

Magda piantò un grido di gioia che quasi li spaventò, cambiando per un po' l'umore di Felicetta che, se avesse potuto, avrebbe letteralmente ucciso il marito: «Io non ce la posso fare a parlare solo di cani, mangimi, acqua per gatti, pelosetti, i nostri pet e le abitudini di Brinkley! Te lo dico una volta per tutte, Gino».

«Quando mi chiami Gino sei sempre arrabbiata. Dai, non fare così, tanto le passerà di mente.»

«Figurati, non ha niente da fare... questa si appiccica con il suo Donald e pensa se porta pure i gatti e il coniglio.»

Brinkley abbaiò come per dare sostegno alle parole di Felicetta, mettendo il maresciallo in difficoltà. I due quasi non si parlarono fino alla funivia, ma solo perché erano stanchi. Ci volle il sorriso di Agata per far ritrovare loro la pace e il buonumore. La brigadiera aveva capito che la vita non si poteva pianificare troppo, per cui aveva deciso di godersi quella giornata prima di rientrare a Polignano. Voleva solo godersi il paesaggio e la compagnia di amici speciali.

Da vero sudtirolese, Günther era di poche parole e di lunghi passi, convinto che tutti camminassero alla sua velocità, ma né Gino né Felicetta volevano farsi compatire per cui gli stavano dietro stringendo i denti e dicendo sempre «*Nein nein*» quando lui chiedeva se erano stanchi. Solo Agata resisteva, ma lei si giocava la relazione e quindi non poteva di sicuro sbuffare alla prima salita ripida.

Alla fine, però, la vista mozzafiato sulle Dolomiti ripagò tutti. I colori dell'autunno erano una tavolozza che mischiava i gialli con i verdi, i marroni con i viola. Su tutti, l'azzurro del cielo e del laghetto che era apparso come in un videogame sulla strada per la malga Rossalm. Le cime delle Odle sembravano guardarli dall'alto della loro imponenza e li rassicuravano. Ogni cosa era semplicemente perfetta. Nessuno aveva la forza, o il coraggio, di parlare del triste epilogo che aveva portato all'arresto di Andreas.

Günther, guardando i visi concentrati dei tre che lo seguivano, ebbe un momento di umanità e concesse una pausa offrendo una mela a testa. Il maresciallo la mangiava come se fosse una pizza margherita dalla fame che aveva: mai avrebbe pensato di essere così grato per un frutto. Felicetta invece cercava di darsi un contegno, perché comunque ci teneva alla linea.

L'inizio dell'Alta Via spaventò un po' tutti tranne Günther perché era ancora in salita, ma via via il cammino procedette quasi in piano, costeggiando un bosco di larici e nuove malghe. L'unico suono che si poteva udire era quello dei loro passi e del vento che soffiava.

La seconda tappa fu a San Leonardo e lì, finalmente, il maresciallo e Felicetta issarono bandiera bianca, dichiarando la loro stanchezza e la necessità di fermarsi su una panchina di legno, dove avrebbero inciso le loro iniziali.

Il paesaggio invogliava alla sosta, mentre le solide gambe

di Günther desideravano arrampicarsi ancora un po'. Agata, terrorizzata di perdere il treno della vita, mostrò un entusiasmo che non le era consueto, e Clemente la guardò scuotendo la testa perché una donna che non sa dire mai di no al suo uomo non lo terrà stretto a sé a lungo. Ma sarebbe stato inutile spiegarglielo, soprattutto in una giornata di sole, per cui disse loro: «Andate pure un po' più su, noi vi aspettiamo qui. Ci vediamo dopo».

Günther non se lo fece ripetere due volte, Agata in fondo era contenta di stare un po' sola con lui, e così Felicetta e Clemente stesero sul prato una delle loro coperte, ci appoggiarono sopra gli zaini e si sedettero lì, a osservare gli uccelli volare e qualche turista lontano che diventava parte integrante del paesaggio.

Felicetta aveva con sé un cestino in cui suo marito era convinto avesse nascosto qualche manicaretto per festeggiare la fine della dieta e la risoluzione del caso. Si capiva che voleva fargli una sorpresa. Era la famosa stella alpina!

«Penso sia giunto il momento di riportarla dove è nata e vissuta. Io ho cercato di fare del mio meglio, ma era sola, era unica, e anche le piante credo abbiano bisogno di compagnia... e di tornare alla loro casa.» Quella donna non aveva ancora finito di stupirlo.

«È un bel gesto, ma sai come fare?»

«Sì, ho visto un tutorial su YouTube, sono certa che la nostra stella ce la farà. Anzi, a luglio verremo a cercarla e se sarà di nuovo fiorita ci faremo una foto con lei. Ora però mi allontano un po' perché lei conosce solo me e devo dirle quattro parole...»

Gino vide la sua Felicetta allontanarsi armata di una piccola zappa e una bottiglietta d'acqua. Brinkley restò fedele ai suoi piedi, mentre lui trafficava nello zaino traboccante di cose. Quando sua moglie ricomparve serena e soddisfatta, Clemente tirò fuori quello che la sera prima aveva cercato a lungo: un mangiadischi con il 45 giri di *Todo corazón*.

Felicetta non ci poteva credere. Lo prese in mano e un po' si commosse, perché lì c'era la loro storia e anche l'epilogo malinconico di chi aveva cantato quel brano.

Suo marito però aveva preso anche qualche altro vinile che conservava gelosamente in una scatola. Così iniziarono a guardarli tutti, ripercorrendo la colonna sonora della loro vita. Alla fine, si fermarono su un 45 giri che aveva segnato tanti ricordi: *Il cuore è uno zingaro*.

Senza aggiungere una parola, il maresciallo spinse il disco in quello strano aggeggio giallo. Per una volta, evitò di cantare e lasciò che a farlo fosse solo sua moglie Felicetta, accompagnata da Nada.

Ringraziamenti

Viviamo in un mondo che ci fagocita e non ci lascia più il tempo per pensare, per guardare, per ascoltare, per leggere. Per vivere.

Molti di voi probabilmente saranno – come succede a me con i libri – arrivati a questa pagina prima di aver letto il romanzo, perché ormai siamo fatti così: vogliamo avere il controllo su tutto e non sappiamo aspettare, mentre dovremmo imparare a farlo, così come con molti altri gesti che abbiamo smarrito per strada. Guardare il paesaggio, i passanti, telefonare, scambiare due parole con uno sconosciuto, chiedere e chiedere aiuto. Diamo per scontato che gli altri sappiano sempre cosa vogliamo, mentre la maggior parte delle volte non lo sappiamo neppure noi.

Ma se c'è una cosa che non ho mai smesso di fare, da quando ho iniziato a scrivere romanzi, è ringraziare quelli che mi hanno dato una mano, anche se a ogni libro me ne scordo qualcuno. Stavolta ho deciso di avventurarmi in una terra che volevo antitetica alla Puglia e mi è venuto in mente l'Alto Adige, luogo che conoscevo poco ma che mi ha catturato da subito, oltre che per la sua bellezza radiosa anche per il fascino di una cultura – soprattutto al confine – molto particolare, venata della mia amata malinconia. E Bressanone mi è sembrata ideale per ambientare un giallo: apparentemente perfetta, bellissima e in ordine, dove tutto funziona e non c'è una carta per terra. L'aria austera di una città piena di chiese in cui ognuno rispetta le regole ma non tutti hanno il coraggio di dire cosa pensano veramente. Per me location subito perfetta, quindi, anche se non ero abituato ad appuntamenti alle 7.30 del mattino e per mezz'ora al massimo perché "poi devo lavorare"!!!

Non sarei però riuscito a terminare questa storia senza l'aiuto di alcuni brissinesi che ho trovato una volta in libreria a Bolzano e non mi hanno più mollato (alcuni però sono mezzi pugliesi!): Antonio Bova, Rossella Bova e Angela Zingaro con le sue focacce (!!!); le splendide Elisabetta Rella e Lucia Mion ("Noi quelli di Brixen"); grazie a Werner Zanotti e a Bressanone Turismo per l'impeccabile ospitalità e al comitato Evviva Bressanone per i primi inviti. Grazie agli amici sudtirolesi incontrati per caso per le dritte locali (*ihr wisst wer ihr seid*).

Grazie infinite ai carabinieri di Bressanone che mi hanno aperto (letteralmente) le porte della loro caserma: il capitano Ottavio Tosoni, Enzo Bisignani e quel genio di Davide Boriotti.

Grazie al mio partner in crime per le indagini Paolo Maralla, compagno di chiacchiere e di trame.

Un grazie più che speciale al vulcanico Antonio Sciarretta e ai carabinieri di Moncalieri.

Grazie ai consigli preziosi di Marco Ponti, Ornella Tarantola, Sandra Piana, Francesca Cinelli, Felipe Passos da Silva, Giovanni Giunipero, Simona Rella, Michele Liotino.

Grazie a Jannik Sinner per i sogni e per quei passanti di rovescio sulle palle break.

Grazie alla mia editor Joy Terekiev – la Joy! – perché ora e sempre "ce la faremo".

Grazie all'insostituibile Barbara Gatti ("devo chiederti una cosa..."), Marilena Rossi – welcome –, Cristiana Moroni, Camilla Sica, Valeria De Benedictis, Mara Samaritani, la Ceci Palazzi, Nadia Focile, la Lori Grossi, Cecilia Flegenheimer, Jacopo Milesi, Monica Monopoli, Alberto Bossi, Antonella Sbriccoli, Francesco

Anzelmo e a tutta la banda Mondadori che da più di vent'anni mi sostiene.

Grazie a Chiara Melloni, Cecilia Mugnaini e tutti in Sosia e Pistoia.

Grazie per le vostre braccia sempre aperte: Annamaria e Gianni Polignano, Gianpiero Pisanello, Carla Tomacelli e la sua Maison D'Enri, Jimmy Giannuzzi (Jimmy le porte!), Pippo Labbate e tutti gli amici pugliesi.

Grazie agli amici più cari, agli affetti più veri, a mio fratello Marco e ai miei familiari: è bello sapere che ci siete sempre.

Grazie a tutti i librai che continuano ad amare i miei libri e il loro lavoro.

Infine, grazie a Nicola Di Bari e a Nada per la canzone: è stato il mio primo tormentone di bambino che non potrò mai dimenticare (meno che mai i miei genitori, che non ne potevano più!).

MISTO
Carta da fonti gestite in maniera responsabile
FSC® C115118
FSC
www.fsc.org

Mondadori Libri S.p.A.

Questo volume è stato stampato
presso ELCOGRAF S.p.A.
Stabilimento - Cles (TN)

Stampato in Italia - Printed in Italy